KB154711

감자의꿈

감자의꿈

1판 1쇄 인쇄 2014년 2월 7일
1판 1쇄 발행 2014년 2월 17일

지은이 최문순

발행처 고즈윈
발행인 고세규

신고번호 제300-2005-176호
신고일자 2005년 10월 14일

주소 (121-896) 서울특별시 마포구 동교로13길 34(서교동 474-13)
전화 02-325-5676
팩스 02-333-5980

저작권자 ⓒ 2014 최문순
이 책의 저작권자는 위와 같습니다. 저작권자의 동의 없이
내용의 일부를 인용하거나 발췌하는 것을 금합니다.

값은 표지에 있습니다.
ISBN 978-89-92975-84-1 03810

감자의 꿈

최문순 지음

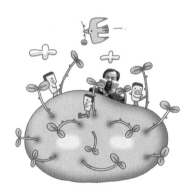

고즈윈
God's Win

Part 1. 감자의 꿈 7

Part 2. 감자의 희망 81

Part 3. 감자의 사랑 105

CONTENTS

Part 4. 감자의 평화 149

Part 5. 감자 마을 에피소드들 181

Part 6. 내가 본 문순C 223

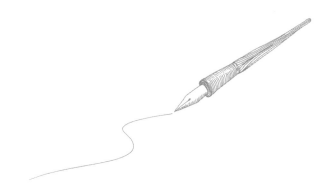

못생긴 감자도 찌그러진 감자도 굼벵이 먹은 감자도

귀퉁이에서 자란 감자도 덜 자란 감자도!

모두가 귀하게 여겨지는 감자밭!

그것이 감자의 꿈입니다.

감자의 꿈

모든 감자는 귀하다!

강원도가 토종 감자를 개량해 새로운 감자 종자를 만들었습니다.
그 새 종자의 이름이 '감자의 꿈'입니다.

감자의 꿈!

감자 중에는 굼벵이가 파먹은 감자도 있고
비가 너무 많이 와서 썩은 감자도 있고
자라는 도중에 돌을 만나서 한쪽이 찌그러진 감자도 있고
날씨가 나빠서 덜 자란 감자도 있습니다.
물론 아주 통통하게 잘 자란 감자도 있습니다.

어느 감자도 버릴 감자가 없습니다.
잘 자란 감자는 내다 팔고 덜 자란 감자는 간장에 졸여 먹습니다.

굼벵이가 먹은 감자는 즉시 먹습니다.

찌그러진 감자는 갈아서 감자전을 해먹고

썩은 감자는 더 썩혀서 녹말을 내어 감자떡을 해 먹습니다.

감자 한 알 한 알이 모두 귀한 감자들입니다.

누구도 버릴 수 없습니다.

감자들 한 알 한 알이 존중받고 존엄하게 여겨지는 감자밭!

못생긴 감자도

찌그러진 감자도

굼벵이 먹은 감자도

귀퉁이에서 자란 감자도

덜 자란 감자도!

모두가 귀하게 여겨지는 감자밭!

그것이

감자의 꿈입니다.

감자는 온 사방으로 싹을 틔웁니다

감자가 콩이나 볍씨나 백합과 다른 점이 무엇일까요?

콩은 씨눈을 하나 가지고 있습니다.
그리고 그 씨눈이 한 방향으로 즉 위를 향해 싹을 틔웁니다.
볍씨도 그렇고 백합도 그렇습니다.

그런데 감자는 그렇지 않습니다.
감자는 온몸에 씨눈을 가지고 있습니다.

위아래 옆구리 등짝에 온몸에 골고루……!

그래서 온몸에서 고르게 싹을 틔웁니다.

온 사방으로 싹을 틔웁니다.

방향을 가리지 않습니다.

360도! 어느 방향으로나 고르게! 모두에게 고르게!

동서남북 상하좌우!

동서남북 상하좌우!

무차별 평등!

누구도 가리지 않습니다.

어느 방향도 차별하지 않습니다.

감자들만 할 수 있는 일입니다.

세상일을 판단하는 기준 1

저는 세상일을 판단하는 기준을 가지고 있습니다.

첫 번째 기준은 '이 일이 사람을 귀하게 하는가?'입니다.
어려운 말로 '인간의 존엄'이라고 하더군요.

어떤 일을 해야 하는가 또는 하지 말아야 하는가를 결정할 때
저는 묻습니다.
'과연 이 일이 사람을 귀하게 하는가?'

어떤 일, 어떤 말, 어떤 정책, 어떤 결정이
사람을 귀하게 하는 일이면 '합니다'.
또 그것이 사람을 귀하게 하는 데 역행하는 일이면 '하지 않습니다'.

세상일을 판단하는 기준 2

제가 세상일을 판단하는 두 번째 기준은
'그 일이 '널리' 사람을 이롭게 하는가?'입니다.
그 일이 어떤 특정인이나 특정 집단, 특정 부류가 아니고
세상 사람들을 '널리' 이롭게 하는가입니다.

인간의 존엄, 칸트

인간이 태어나면서부터 존엄한 존재라는 생각은
칸트(Immanuel Kant) 철학의 최종적인 결론이고 집대성입니다.
'태어나면서', 즉 어떤 이유가 있어서가 아니라
'본래', '이유 없이' 귀한 존재라는 뜻입니다.

그의 철학은 한 문장으로 요약됩니다.
"인간을 수단으로 대하지 말고 목적으로 대하라."
인간은 정치적 수단도 아니고 경제적 수단도 아닙니다.
인간이 목적 자체입니다.

칸트의 이 고귀한 철학은 오랜 기간 동안 빛을 보지 못하다가

제2차 세계 대전이 끝난 뒤

히틀러(Adolf Hitler)를 반성하는 독일인들에 의해

독일 헌법 제1조로 채택되고

유럽에 널리 퍼져 복지 국가를 열어가는 철학이 됩니다.

아! 쾰른 기본 강령

1929년 세계는 대공황을 겪습니다.

길거리에 실업자들이 넘쳐났습니다.

그로부터 4년 뒤인 1933년 독일에서 나치가 집권을 합니다.

히틀러는 집권 후 독재 체제를 완성합니다.

그리고 제2차 세계 대전에 돌입합니다.

전 유럽, 전 세계가 참혹한 전쟁 속으로 들어갑니다.

상상하기 힘든 고통과 절망과 좌절과 분노와 모멸감과 모욕과……

인간이 차마 겪기 힘든 야만성과 부정성들이 한꺼번에 분출합니다.

인간이 인간 이하인 것을 넘어서서 그 이하의 수준에 이르게 됩니다.

결국 히틀러는 패망합니다.

나치가 패망한 뒤 독일에서는 반성이 일어납니다.

나치와 같은 정치 세력이 생기고

전 세계에 엄청난 고통을 안긴 것은

그것을 막지 못한 자신들의 책임이 크다는 사람들의

양심이 목소리를 내기 시작했습니다.

그리고 다시는 그런 일이 반복돼서는 안 된다는

책임 의식도 제기됩니다.

그리고 그런 양심과 책임 의식이 제도화돼야 한다는

문제의식도 제기됩니다.

사람들은 퀼른이라는 작은 도시에 모여

자신들의 의견을 모아 강령으로 발표합니다.

이 강령이 바로 퀼른 기본 강령입니다.

쾰른 기본 강령

쾰른 기본 강령의 기본 정신이 바로 '인간의 존엄'입니다.

쾰른 기본 강령에 기초해
1945년, 독일 기독민주당(CDU)이 창당됩니다.

그로부터 4년 뒤인 1949년 독일 기본법이 제정됩니다.

이 독일 기본법의 제1조 1항이 바로 '인간의 존엄'입니다.

독일 기본법(연방 헌법) 제1조 1항
"인간의 존엄성은 침해할 수 없다.
인간의 존엄성을 존중하고 보호하는 것은 모든 국가 기구의 의무다."
인간의 존엄이라는 철학과 사고가 처음으로 헌법에 규정된 것입니다.

성립 배경을 알지 못하고 읽으면
평범하고 무미건조하고 단순해 보이는 법 조항입니다.

그러나 이 한 조항에는 나치 통치에 대한
처절한 반성과 성찰이 담겨 있습니다.
피와 눈물과 분노와 통곡이 담겨 있습니다.
다시는 그런 일이 발생해서는 안 된다는 강한 결의가 담겨 있습니다.

독일에서는 '인간의 존엄'이 모든 법 규범의 기본 원천입니다.

〈쾰른 기본 강령〉

"사회 정의가 실현되는 사회적인 삶은 국민 공동체의 유지를 보장한다.
이러한 국민 공동체는 하나님이 부여한 인간 개인의 자유를 보장하고 공공
복지의 요구를 충족시킨다. 그리하여 우리는 인간의 존재에 근본적으로 배
치되는 변조된 집단주의와는 차별되는 진정한 기독교적 사회주의를 지향

한다. 우리의 확고한 의지는 기독교적 자연법 정신과 독일의 과거 역사에 존재한 전통에 부합하는 사회적 질서를 확립하는 것이다.

실존하는 하느님을 믿는 우리는 사회적 질서와 공동체를 위한 유일하고 진정한 지주인 그의 계명에 복종한다. 이 막중한 과업을 시작하면서 우리는 전쟁터와 도시와 농촌의 폐허 속에서 죽어간 이들을 생각한다. 우리는 경외심을 갖고 기독 신앙의 피의 증인들과 나치에 희생된 시민의 자유 앞에 머리를 숙인다. 우리는 이 죽은 자들의 정신 속에서 우리의 총력을 경주하여 독일 국민에 봉사할 것을 맹세한다. 이에 우리 기독 민주주의자들은 단합하여 조국의 재건을 위해 다음과 같은 원칙을 결의한다.

(1) 인간의 정신적인 존엄은 인정된다. 인간은 공동체의 단순한 일부분이 아니라 스스로 책임지는 인격체로 평가되어야 한다.

(2) 가정은 사회생활 질서의 기초이다. 가정의 활동 공간은 신성하다. 가정은 선천적으로 국가의 특별한 보호를 받는 그의 독특한 권리를 갖고 있다.

(3) 정의의 실현은 국가의 기본 역할이다. 법치 국가는 재건설되어야 한다. 재판권은 독립적이고 자유스러워야 한다. 그의 유일한 기준은

만민에 평등한 법이다.

(4) 모든 독일인은 현존하는 법의 범위 안에서 그들의 의사를 말과 글로 자유롭게 표현할 권리를 갖는다. 단체 조직과 집회는 보장된다.

(5) 모든 종교적 신념은 공공연히 자유롭게 표현할 수 있다.

(6) 자녀 교육에 대한 부모의 고유 권한은 학교 교육의 기초가 된다. 이는 국가로부터 승인된 종교 단체의 신앙 교육이 정규 교과 과목으로 되어 있는 기독 공동체 학교에서와 같이 보장된다.

(7) 문화적 창조는 국가의 강요로부터 벗어나야 한다. 그의 기초는 독일 기독교와 서양의 전통에 근거한다. 어떠한 종류의 종족 숭배 사상도 배제되어야 한다.

(8) 중앙 집권주의는 반독일적인 것으로 거부된다. 독일 국가는 자치적이고 자유스런 연방들로 구성된다. 이들의 연합은 자유 연방 공화국 형태로 이루어진다.

(9) 주의 조직과 지방의 전통적인 독일 자치 행정 체제는 재건되어야 한다. 국가 행정은 단순화하여야 한다.

(10) 사유 재산권은 보장되어야 한다. 사유 재산 관계는 사회 정의와 공공복지의 요구에 의하여 그 질서가 부여되어야 한다. 공정한 자산

의 조정과 사회적 임금 편성을 통하여 무소유자에게도 사유 재산이 가능하게 되어야 한다. 공공 자산은 일반 복지의 요구에 상응하게 확대되어야 한다. 우편과 철도, 석탄 산업과 에너지 생산 산업은 원칙적으로 공공 서비스의 소관이다. 은행과 보험 제도는 국가의 통제하에 있어야 한다.

(11) 국가의 경제 정책의 목표는 자주적이고 물질적인 자치 경영을 기초로 하여 국민의 필요를 충족시키는 것이다. 사기업의 독점, 대자본과 재벌의 패권적 지위는 철폐된다. 사적인 사업 의욕과 자기 책임 하의 사업 운영은 지속된다. 중소기업은 촉진되고 확장된다.

(12) 인간의 노동은 단순한 상품이 아니라 도덕적인 성취 능력으로 평가받아야 한다. 대단위로 조직된 노동 공급 과정에서 독일인들의 생활 공간 건설에는 노동할 의사를 갖고 있는 모든 사람들의 참여가 가능하여야 한다. 임금과 노동 조건은 임금 협약으로 규정된다. 성인 노동자는 한 가정을 이루고 그리고 그 가정을 유지할 수 있는 임금을 받을 권리가 있다. 사회 보장 제도는 지속적으로 유지된다. 노동조합의 재건과 기타 직업 단체의 조직은 보장된다.

(13) 활성화된 농업 계층의 존재는 건강한 국민 생활의 기본 토대이다.

농업 생산의 모든 분야에 대한 계획적인 진흥을 통하여 생산성을 높이고 국민의 식량 공급을 보장한다. 집단 정착을 통한 자영 농장과 소규모 농장의 숫자를 증가시킨다.

(14) 수공업은 근대화된 산업, 농업, 그리고 상업과 병행하여 자립적이고 동등한 직업이다. 수공업의 협동조합은 촉진된다. 수공업의 자치 운영은 유지된다.

(15) 히틀러 정권의 대재앙에 의하여 특히 대규모로 증가된 채무는 사회적 입장에 따라 정당하게 분배되어야 한다. 전쟁에 의한 손해는 전 국민에게 공동의 부담으로 하여야 한다. 이러한 부담은 오로지 개인의 재산과 소득을 기준으로 하여 조정되어야 한다. 전쟁과 전쟁의 장기화 책임자는 손해 보상에서 제외된다. 나치 정권의 경제 성장기나 전쟁에 의해 얻은 이익은 특별세의 적용을 받는다.

(16) 파괴된 도시와 농촌들은 재건된다. 현존의 주거 공간은 통제 관리된다. 대규모 건설 계획을 통하여 생활 공간을 확장한다. 대도시들은 활성화된 외곽 주거 지역의 건설로 생활 환경을 개선한다. 개인 주택의 건설은 촉진되면 단순 획일적인 임시 주거 형태의 건물 건축은 기피되어야 한다.

(17) 공동생활의 모든 형태는 민주적으로 이루어진다. 민주주의의 오용 특히 비민주적인 목표 설정은 관용되지 않는다. 국가는 스스로 보호하며 그의 모든 시설들은 국가에 규정된 모든 수단으로 보호된다.

(18) 의회 의원은 보통, 평등, 비밀, 그리고 직접 선거권에 의하여 선출된다.

(19) 공공 생활과 모든 경제 활동은 부정적인 요소로부터 깨끗하게 되어야 한다. 신뢰할 수 있고 국가에 충성된 직업 공무원 제도는 재구축된다.

(20) 독일 외교 정책의 기초는 다른 민족을 존중하고 조약들을 성실히 지키는 것이다. 폭력과 전쟁의 정치는 우리 자신들의 조국에 대한 범죄일 뿐 아니라 인류에 대한 범죄이다. 독일은 영원한 평화에 대한 전 인류의 갈망을 실현시키는 데 있어서 주도적 역할을 수행하여야 한다. 1945년 6월, 이 20개 항목의 쾰른 기본 원칙들은 "독일인들이여! 이 원칙들은 독일 기독 민주주의자들의 기본 원칙이다. 뭉치자! 기독교와 서양 문화의 확고한 기초 위에 새롭고 아름다운 독일을 건설하는 데 힘을 합치자"는 궐기문으로 끝을 맺고 있다(유지훈, 〈독일 기독민주당(CDU)의 역사적 발전〉, 《신앙과 정치》 제3호, 2010년 5월, 161쪽).

독재 없는 성장,
전쟁 없는 통일, 복지 국가

쾰른 기본 강령의 정신을 이어받은 독일은

이후 '독재 없는 성장', '전쟁 없는 통일', '복지 국가'를 이뤄냅니다.

'라인 강의 기적, 동·서독의 끊임없는 교류와 동방 정책,

일할 권리를 바탕으로 한 사회 보장 제도' 등은

쾰른 기본 강령이 구체적으로 실현된 모습이었습니다.

세계 경제가 큰 어려움 속에 있는 지금도

독일의 경제는 가장 견실한 것으로 평가받고 있고

최근에 이르러 우리나라에서도 많은 이들이

독일을 새롭게 연구하고 있습니다.

오늘날의 독일을 만든 것은 쾰른 기본 강령입니다.

처음 쾰른 기본 강령을 접하고

처음 읽을 때 눈물이 났습니다.

한 문장 한 문장에 독일 최근세사의 엄청난 고통과 시련
그리고 절망, 좌절, 분노가 담겨 있었습니다.
그리고 동시에 그것을 넘어서는
성찰과 정화를 거쳐 승화된 결정들이 내려져 있었습니다.
그리고 그 결정들이 극도로 절제되고 압축된 표현들로
담담하게 요약돼 있었습니다.

과거에 대한 반성을 바탕으로
미래의 독일이 가야 할 길을 제시한 것입니다.

인간의 존엄, 국가의 존재 이유, 정치의 역할,

경제에 대한 기본 방향, 가족의 중요성,

지역 자치에 대한 확고한 태도, 노동의 권리 등이

굳은 신념 속에 잘 규정돼 있습니다.

저는 이 쾰른 기본 강령을 천하 명문이라고 생각하고 있습니다.

쾰른 기본 강령은 제가 정치를 하면서 지향하는 목표이기도 합니다.

감자는 '혁명적', 장미는 '반혁명적'

감자가 프랑스 전역에 퍼지게 된 계기가 된 것이
프랑스 혁명이었습니다.
프랑스 혁명을 성공시킨 시민군은
감자를 프랑스 국민들에게 공급했습니다.

굶주린 국민들의 배를 불린 감자는 '혁명적'이라고 칭송받았습니다.
반면에 프랑스의 배고픔에는 무관심하고 멋만 내는 장미는
'반혁명적'으로 간주됐다고 합니다.

시장에서 만난 상인 한 분이 저를 붙들고 하소연을 하십니다.

먹고 좀 살자!
너무 힘들지 않게!
제발!
왜 이렇게 사는 게 힘드냐?
죽도록 일하고 있는데!

먹고사는 일이 혁명입니다.

'적자생존, 약육강식'은 틀렸어!

"이 세상은 약육강식의 세상이 아닙니다.
상부상조의 세상입니다."

러시아 생물학자 크로포트킨(Pyotr Kropotkin)의 말입니다.

다윈(Charles Robert Darwin)이 진화론을 주장한
《종의 기원》을 쓴 이래 이 세상은
'적자생존' 또는 '약육강식'의 장으로 인식돼 왔습니다.
강자만 살아남는다는 것이 우주의 질서라는 것이지요.
이런 주장은 후에 우생학 등으로 발전해
히틀러가 유태인을 학살하는 근거가 되기도 했고
약탈적 자본주의적 질서를 세우는 이론적 토대가 되기도 했습니다.

그런데 사실은 다윈도 이런 주장을 한 적이 없다고 합니다.
다윈도 '협력'을 가장 잘하는 생물이 가장 번성한다고 말했습니다.
다윈이 큰 오해를 받고 있는 것입니다.

세상은 '공존 공생'의 장입니다.

이 세상은 경쟁의 장이 아닙니다.
치열하게 경쟁해서 강한 자만이 살아남는
그런 살벌한 곳이 아닙니다.
모두가 서로 돕고 서로 의지하며 서로를 지탱하며
살아가는 곳입니다.

잘못된 또는 좁은 소견으로 바라본 인간의 시야가 잘못된 것입니다.

감자밭에서는
적자생존, 약육강식의 피나는 경쟁이 벌어지지 않습니다.

감자 쿠데타 1

감자의 꿈을 실천하기 위해서 취임해서 곧 조직표를 뒤집었습니다.
쿠데타를 일으킨 것입니다.

맨 위에 있던 도지사를 맨 아래로 끌어내렸습니다.
그리고 그 위에 부지사 그리고 그 위에 국장⋯⋯
그리고 맨 위에 강원도민들!

이게 우리 강원도청의 조직표입니다.

제가 직원들을 잘 모시면 그들이 도민들을 잘 모실 것입니다.

강원도의 공직자들은 자신의 상사를 모시는 대신
도민들을 상사로 모시게 될 것입니다.

그것이 감자들의 본연의 모습입니다.

감자의 꿈, 강원도의 공직자들이
도민들을 자신의 상사로 모시는 것입니다.

감자 쿠데타 2

강원도청에 '조직의 쓴맛'은 없습니다.

윗사람은 아랫사람을 존중하고
아랫사람은 윗사람을 존경하는 조직!

서로 억지로 그렇게 하는 것이 아니고
마음에서 우러나서 그렇게 하는 조직!

조직의 단맛만 있는 조직으로 만들어가고자 합니다.

감자 쿠데타 3, 감자를 고르는 법

왕왕-왕특1-왕특2-특-보통-조림!
무슨 뜻일까요?

감자를 분류하는 방식입니다.
아주 크고 잘 자란 감자가 왕왕입니다.
그다음이 왕특1 입니다.
그리고 맨 나중이 조림입니다.

맨 마지막 작고 못생긴 감자들, 즉 조림!
이 '조림'을 '불량' 또는 '파치'라고 부르지 않는다는 점이 중요합니다.
쓸모가 없어서 버리는 것이 아니고 조림으로 쓴다는 것입니다.
용도가 다를 뿐이라는 것이지요.
'조림' 파이팅!

감자 쿠데타 4, 반말 하지 말자!

본래 우리말에는 거의 반말이 없습니다.

조선 시대의 문서들을 보면

임금과 신하 간 또는 아내와 남편 간 또는 친구 간 등에

반말을 쓰지 않았습니다.

늘 존대가 들어 있습니다.

지금 우리가 쓰는 반말은 일제의 잔재입니다.

세계사에 유례를 찾아 볼 수 없는 폭압적 군국주의의 산물입니다.

저는 공적인 관계로 만나는 그 누구에게도 반말을 하지 않습니다.

우리 도청의 가장 어린 신입 직원에게도 반말을 하지 않습니다.

그도 직장을 떠나면 누군가의 아빠이고

누군가의 남편이거나 아내이고 누군가의 아들입니다.

설사 그렇지 않더라도 그는 그 자체로 귀한 사람이고

반말을 들을 사람이 아닙니다.

왜 반말이야?

감자 쿠데타 5

칭기즈 칸(Chingiz Khan)이 사람을 고르는 기준!

"예순 베이는 훌륭한 용사다. 용감하고 지치지 않는다.
그러나 그는 천호장이 될 수 없다.
천호장은 병사들의 고통을 함께 느끼는 사람이어야 한다."

잘난 사람이 지도자가 되는 것이 아니라
병사들의 고통을 함께하는 사람이 지도자라는 것입니다.

이것이 감자를 고르는 새로운 방법입니다.

복지 국가의 철학

복지 국가는 '인간의 존엄'이라는
고귀한 철학에 기초하고 있습니다.

우리 곁에 있는 한 사람 한 사람이
한없이 또 이유 없이 고귀한 존재라는 생각입니다.
이런 철학이 국민들 속에 확고하게 자리 잡아야만
복지 국가의 건설이 가능합니다.

지금 우리 사회의 복지 논쟁은
철학 없이, 영혼 없이, 뿌리 없이 진행되고 있습니다.

사실 복지에 대한 철학이 공유되고 사회적 합의가 이루어진다면
재원 문제 등은 2차적인 문제에 불과할 수도 있습니다.

내 사전에 '권력'은 없다

'권력은 없다.'
국민들은 새로운 정치를 원하고 있고
그 새 정치의 핵심이 '권력은 없다'입니다.

국민들이 원하는 정치는 '권력을 행사하는 인간'과
'그 권력의 대상이 되는 인간'이 구분되지 않는 정치입니다.
권력이 일방으로 흐르는 관계를 원치 않는 것입니다.

저는 이 요구가 너무나 타당하다고 생각합니다.

이 요구 즉 새로운 관계를 수용하는 방식은 '겸허함' 뿐입니다.
저 스스로 비우고 낮춰서 다른 이들을 '존엄'하게 하는 노력을
치열하게 실천해보겠습니다.
권력이라는 말은 이제 사전에만 있는 말로 폐기 처분해버립시다.

내 사전에 권력은 없습니다.

우는 감자와 같이 울라!

"우는 감자와 같이 울라!"

"우는 사람과 같이 울라!"

윤재윤 전 춘천 지방 법원장님의 수필집 제목입니다.

정치의 본질을 잘 꿰뚫고 있는 말이라고 생각합니다.

대개의 사람들은 우는 사람을 보면 왜 우느냐고 다그칩니다.

함께 울기는 어렵습니다.

실천하기는 쉽지 않지만 그렇게 해보려고 합니다.

감자 정치

감자는 권력을 행사하지 않습니다.

큰 감자가 작은 감자에게 이래라 저래라 할 수가 없습니다.

그럴 필요도 없습니다.

큰 감자는 그냥 큰 감자일 뿐이고

작은 감자는 그냥 작은 감자일 뿐입니다.

감자 민주주의

민주주의라는 것이 꼭 법이나 제도, 혁명을 통해서만
이루어지는 것이 아닙니다.

오히려 법과 제도와 관계가 없는 것이 민주주의일 수도 있습니다.

사람과 사람 사이가 편한 관계가 되는 것이
곧 민주주의입니다.

언제나 편하게 만날 수 있고
마음대로 의견을 개진할 수 있으며
또 함께 토론하고 더불어 결정하는 것
그것이 민주주의입니다.

즉 인간관계가 민주주의인 겁니다.

수직적 인간관계, 상명하복이나 위계적 질서를 깨는 것이
민주주의라는 뜻입니다.

이런 것은 법률 제도로만 할 수 없는 것이지요.

편하게 있어!

통합 정치, 세상은 둘이 아닙니다

분배 없이 성장 없습니다. – 성장 없이 분배 없습니다.

정치 없이 경제 없습니다. – 경제 없이 정치 없습니다.

보호 없이 개방 없습니다. – 개방 없이 보호 없습니다.

국가 없이 시장 없습니다. – 시장 없이 국가 없습니다.

협력 없이 경쟁 없습니다.

북한 없이 남한 없습니다.

노동 없이 자본 없습니다.

기업 없이 금융 없습니다.

여성 없이 남성 없습니다.

세상은 둘로 갈라져 있지 않습니다.

그렇게 보는 인간의 관점만 있는 것이지요.

분배와 성장은 사실은 하나입니다.

정치와 경제도 하나입니다.

자본, 경영, 노동도 분리된 것이 아닙니다.

모두를 하나로 보는 눈이 있어야 통합 정치가 가능합니다.

국가의 성장은 통합 속에서만 이루어집니다.

뭉치면 대국이고 갈라지면 소국입니다.

동서, 남북, 상하, 좌우, 안팎이 갈라지고 분열된 대한민국

모두 통합돼야 합니다.

감자는 둥글어서 360도 어느 방향을 가리지 않습니다.

경제 성장의 비결 1

경제 성장은 정신적 성장의 결과물입니다.

윤리, 책임감, 절제, 용기, 패기, 헌신, 희생, 배려, 정의감 등이

경제 성장의 원동력입니다.

즉 고귀한 정신이 경제적 성장으로 현실화되는 것입니다.

인류의 역사에서 '왜 어떤 나라는 잘살고

또 어떤 나라는 못사는가?'를 연구한

데이비드 랜즈(David Landes)란 학자는

잘사는 나라와 못사는 나라가 생기는 가장 큰 이유가

'문화'라고 했습니다.

즉 '내적 가치'라는 것입니다.

내적 가치가 빈약한 국가는 경제 성장을 하지 못합니다.

경제 성장의 비결 2

민주주의가 경제 성장의 토대입니다.

정치 체제가 시원치 않으면 사회의 갈등이 늘고
성장에 어려움을 겪게 됩니다.
지금의 우리나라가 바로 그렇습니다.
정치가 경제와 함께하는 견인차 중의 하나인 것입니다.

동시에 정치 독점은 경제 독점과 한 쌍입니다.
정치와 경제가 건강한 관계를 유지하면서
즉 서로 유착하지 않으면서
동시에 서로 돕는 것이 국가 발전에 매우 중요합니다.

민주주의가 돈입니다.

경제 성장의 비결 3

남들이 부자여야 내가 돈을 벌 수 있습니다.
남들의 주머니에 돈이 많아야
내 주머니에도 돈이 들어올 수 있습니다.

돈을 쓰는 사람이 많아야 내가 돈을 벌 수 있습니다.
사는 사람이 있어야 팔 수가 있습니다.

살 사람을 만들어내는 것,
남의 주머니에 돈을 넣어주는 것이
경제 성장의 전략 중의 하나입니다.
너 해!

"인간의 존엄을 위해" / 감자 정치를 시작하며

(18대 국회 의원을 시작하며 썼던 글입니다)

안녕하십니까? 불쑥 편지를 드려 죄송스럽게 생각합니다.
늘 건강하시고 하시는 일마다 잘되시기를 기원하겠습니다.
갑자기 이른바 '정치'라는 것을 시작한다고 하니
저 자신부터 적응이 되지를 않고
이런 편지를 쓰는 것도 어색하기 짝이 없습니다.
또 선배, 동료, 후배들에 대해서는
'정치라는 불편함'을 부담 지워드리는 것은 아닌지
영 마음이 편치 않습니다.
'인간의 존엄'을 위해 노력하겠습니다.
추상적인 '존엄'이 아닌 개개인 한 사람 한 사람이
사회의 제도 속에서 구체적으로 '귀한 존재'로 존재하는,
그래서 '인간' 그 자체가 목적인 정치를 한번 해보겠습니다.
제가 아닌 다른 사람들을 존엄하게 하려는 노력을
작게나마 시작해보겠습니다.
다른 사람들을 존엄하게 하는 길은 겸허함뿐이라고 생각합니다.
잘 듣고, 낮추고, 비우도록 하겠습니다.
국회 의원이라는 자리가 '권력'이 아니라는 것을
몸으로 실천하겠습니다.
다른 것들은 몰라도 이것 한 가지만큼은 분명하게 하겠습니다.
혹시 제가 조금이라도, 또 한순간이라도 '권력'이라고 느껴지시면
가차 없이 비판해주시기 바랍니다. 감사합니다.

소통? 소도 통 못 알아들을 소리!

요즘 유행하는 소통이라는 말을 저는 좋아하지 않습니다.

작위적인 소통은 소통이 아닙니다.
억지로 소통을 하겠다고 소통하는 것은 소통이 아니라는 뜻입니다.

소통이 뭐 따로 있는 것이 아니라는 것이지요.

소통은 하려고 해서 하는 것이 아니라 저절로 이뤄지는 것입니다.
사람과의 관계가 편안해지는 것 그것이 소통입니다.
수직적 권력, 위계질서를 깨는 것 그것이 소통입니다.
누구나 서로 쉽게 다가가서 말 걸 수 있어야 그게 소통이죠.
평등한 인간관계가 소통입니다.

무엇보다 민주주의 자체가 소통입니다.

민주주의적 질서와 가치, 제도를 훼손하면서

소통을 강조하는 분들도 있습니다.

소통의 도구인 언론을 탄압하면서

소통을 강조하는 웃기는 분들도 있죠.

소통을 강조하는 분들이 소통의 적인 경우가 상당히 많습니다.

정치인과 거지의 공통점

1. 입으로 먹고 산다.

2. 사람이 많은 곳에 꼭 나타난다.

3. 출퇴근이 일정치 않다.

4. 정년퇴직이 없다.

5. 경제로 결정된다.

언제나 경제가 중요합니다.

경제는 먹고사는 일입니다.

먹고사는 일이 정말 중요합니다.

먹고사는 일, 경제가 정치입니다.

반대로 정치가 경제이기도 합니다.

자매를 갈라놓은 고구마

인간에게 소유와 분배의 문제는 타고난 것으로 보입니다.

다음 쪽의 사진에서 보이듯이

어린 제 딸들도 소유와 분배의 문제로 토닥거리고 있으니까요.

어느 집이든 다 그럴 것입니다.

인간의 본성입니다.

하지만 소유만 하고 분배를 하지 않으면 갈등이 심해지고

가지지 못한 사람뿐만 아니라 가진 사람도 불행해집니다.

분배 없는 성장은 없습니다.

크게 벌어서 크게 나눈다.

많이 벌어서 많이 나눈다.

〈고구마 소유와 분배〉

엄마가 큰딸이라고
나한테만 고구마 줬지롱!
(나 아들 아니에요ㅆ)

엉? 언니가
뭘 먹고 있네?
(멀리서 놀던 둘째 딸,
뒤늦게 발견하고 분노)

(즉시 돌진해
주먹으로 위협하며
나눠 먹을 것을
강력히 요구!)

(하지만 큰딸은
딴청 피우며
못 본 체함)

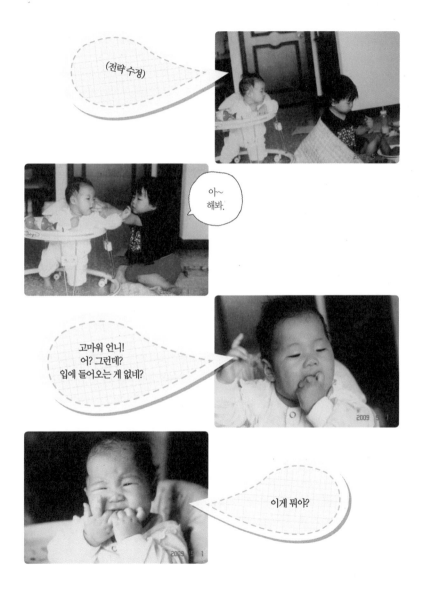

강원도는 하나의 국가입니다
지방 자치 단체가 아닙니다

강원도는 하나의 국가입니다. 지방 자치 단체가 아닙니다.
하나의 독립적인 정치, 경제, 문화 단위입니다.

스스로의 목표를 설정하고
그 목표를 향해 자신의 의지를 실현해가는 주체입니다.

자치가 강화돼야 합니다.
연방제에 버금갈 정도로 훨씬 더 확대돼야 합니다.

자치는 선진국의 필수 조건입니다.
자치 없는 선진국은 없습니다.

지방 방송 못 꺼!

술자리에서 우리가 흔히 쓰는 말
"지방 방송 꺼!"
지역에서는 아주 싫어하는 말입니다.

저는 '지방'이라는 단어를 쓰지 않도록 하고 있습니다.
중앙 이외의 지역이라는 의미이며
'중앙'에 대응하는 단어로
차별적 의미, 하대의 의미를 가지고 있기 때문입니다.

우리의 의식 속에 있는 지방에 대한 편견도
세심하게 들여다볼 필요가 있습니다.

저는 '지역'이라는 단어를 권장하고 있습니다.

가치 중립적인 단어입니다.

또 분권이라는 단어 대신 주권이란 말을 쓰고자 합니다.

권력을 나눠달라는 것이 아니고

권력이 본래 지역에 있다는 뜻입니다.

그래서 지방 분권이 아니라 '지역 주권'입니다.

지나친 중앙 집권주의는 독재로 이어질 가능성이 매우 큽니다.

히틀러도 분권 체제를 중앙 집권 체제로 만든 뒤

이를 더 강화해 파시즘 체제를 수립했습니다.

분권 없는 민주주의는 없습니다.

권력자가 가장 하기 힘든 일

노무현 전 대통령의 명복을 빕니다.

저는 그분이 남긴 가장 큰 업적을
언론 자유를 완전하게 보장한 것이라고 봅니다.
권력자들이 가장 하기 힘든 일이니까요!

언론 자유에 관한 한 노무현 전 대통령이
대한민국의 전 역사를 통틀어 가장 훌륭한 대통령이었다고 봅니다.

담배 한 대 올립니다.

언론은 가장 중요한 정보, 정신 인프라!

언론은 정보 인프라입니다.

정신 인프라이기도 합니다.

국가 발전에서 가장 중요한 한 축입니다.

언론이 퇴행하면 국가도 퇴행합니다.

언론은 '정치적 독립'과 '경제적 독립'이 갖춰져야

좋은 언론으로 남을 수 있습니다.

안타깝게도 이 두 가지가 모두 퇴행하고 있습니다.

그것도 심각하게!

제7 공화국

헌법은 한 국가의 기본 정신입니다.

저는 지금의 헌법을 바꿔야 한다고 생각하고 있습니다.

1987년 민주화 운동 이후 제6 공화국이 수립됐습니다.
제6 공화국 헌법은 최소 민주주의를 확보했던
(대통령 직선제) 헌법이었습니다.

이제 그 수명이 다 되었다고 봅니다.

제7 공화국을 열어야 합니다.

제7 공화국의 기본 철학은 인간의 존엄이 돼야 합니다.

통일 국가, 적극적 복지 국가가 그 모습입니다.

거기에 자치 분권 국가를 지향하는 양원제,
대통령 연임제를 포함해서 부통령제 또는 대통령의 권한 제한,
그리고 선거 제도도 지역 갈등을 완화할 수 있는
권역별 비례 대표제 등을 포함해야 합니다.

많은 논의가 진행돼야 할 것입니다.

자유, 생명의 희망

자유란 일종의 생명입니다.

모든 생명체들은 자유를 추구합니다.
자유를 확보하기 위해서 활동합니다.

우리들의 경제 활동, 즉 돈을 벌려고 하는 이유는
돈 자체를 벌려는 것이 아니라 자유를 확보하려는 것입니다.
돈이 곧 자유이고 돈이 없으면 자유롭지 못하니까요.
밥도 못 먹고, 버스도 못 타고, 영화도 보지 못하고
아무것도 할 수 없습니다.

정치 활동 즉 권력을 가지려는 것 역시

자유를 향한 노력입니다.

남의 지배를 받지 않으려고 애를 쓰는 것이지요.

자유는 생명의 본능입니다.

SNS, 인류 최초의 언론 자유의 수단

인류는 오랜 역사를 통해 언론 자유를 누리지 못하고 살아왔습니다.

그 첫 번째 이유는 정치적으로 언론 자유, 표현의 자유를
억압받았기 때문이었습니다.
우리나라에서도 형식적으로나마 언론 자유가 주어진 것은
극히 최근의 일입니다.

두 번째 이유는 그 수단을 갖지 못했기 때문이기도 했습니다.
화장실에 낙서를 하는 것이 유일한 표현의 자유였던 시절이
별로 멀지 않습니다.

뉴 밀레니엄에 들어서면서 인터넷
그리고 최근에는 SNS가 널리 퍼졌습니다.
인류가 최초로 표현의 자유를 실현할 수단을 가지게 된 것입니다.

매우 역사적인 사건입니다.

SNS는 개인 신문사이면서 개인 방송사입니다.
개개인이 신문사 사장이면서 방송사 사장이 된 것입니다.

저에게는 SNS가 정치의 수단이기도 하고
도루묵과 감자를 파는 홈 쇼핑 채널이기도 합니다.

SNS가 중간 지대 즉 정당, 언론, 노동조합, 시민 단체 등을 무시하고
직접 소통을 하는 수단이 되면서
이들 조직이 약화되고 사회 구성 원리를 변화시키고 있는 것은
또 다른 관심사입니다.

고마워요 악당 감자!

반대자가 있다는 것은 자신에 대한
성찰과 성장의 기회입니다.

저는 저를 감시하고 반대하고 비판한 사람들을 통해
성장해왔다고 생각합니다.

비판과 반대를 어떻게 받아들이는가가 문제입니다.

정치적 반대자와 언론을 탄압하는 사람은 성공하지 못합니다.

자본주의와 낙석 주의

인류가 가지고 있는 많은 '주의'들 중에서 제일 중요한 것은
'낙석 주의'인 것 같습니다.

나머지 '주의'들에 대해서는
너무 주의하지 않는 것이 좋을 것 같습니다.
한때 지나가는 유행가와 같은 것들이니까요.
시간이 지나면 사라지고
또 구태여 따라 부르지 않아도 상관없습니다.
공산주의가 붕괴한 뒤
자본주의는 유일한 지배 이념으로 남아 있습니다.
자본주의의 승리와 동시에 자본주의의 위기가 시작된 것 같습니다.
현재로는 자본주의 이후의 세계가 어떤 모습인지 모르겠지만
그 이후를 준비하고 대비해나가야 합니다.

아프지 않아야 청춘이다

청년들을 바라보며 아픈 사람들은 우리 기성세대입니다.
주제넘지만 미안하다는 생각을 늘 하고 있습니다.

지금의 청년 세대들이 처한 상황은 멀리 볼 것도 없이
제 두 딸만 봐도 잘 알 수 있습니다.

제 첫째 딸은 중소기업을 다니는데
역시 참 힘들어 보입니다.
첫 직장의 설렘 같은 것은 없어 보입니다.

둘째 딸은 아직 학교를 다니는데
역시 대학 시절의 낭만 같은 것은 없어 보입니다.

대학도 둘 다 5년씩 다니더군요.

취직을 하는 것도 힘들고 취직을 해도 또 힘들고!

청년들이 아픈 것은 그 이유가 있을 것입니다.
그 이유를 제거해야 합니다.
다만 그 구조가 너무 깊이 진행되고 고착화돼 있어
해결이 쉽지 않습니다.

그럼에도 불구하고 어떻게 해서든지 우리 청년들이
너무 힘들지 않도록 최선을 다해야 합니다.

온 힘을 다해야 합니다.

행정, 인간 심연에 대한 이해

행정이라는 단어!
참 무미건조한 단어입니다.
참 재미없고 멋이 나지 않는 단어입니다.
영혼이 실리지 않는 단어지요.

행정이라는 단어와 함께 연상되는 단어는
아마 '서류, 주민 등록 등본, 형평성, 인허가, 딱딱함, 무색무취' 등이
아닐까 싶습니다.

저는 이 무미건조한 단어에 영혼을 넣으려고 합니다.

행정이라는 것은 '인간 심연에 대한 이해'입니다.
행정은 인간에 대한 깊이 있는 이해에 기초해야 합니다.

행정이 하지 못할 일은 없습니다.
행정의 범위는 없습니다.
인간에 관련된 모든 일이 바로 행정의 범위입니다.
법 밖에 있는 일도 행정의 범위 안에 있습니다.

행정 없이 정치 없습니다.
행정 없이 경제 없습니다.
행정 없이 문화 없습니다.

행정은 영혼의 표현입니다.
영혼의 표현이어야 합니다.

법치주의가 사람 잡는다

제가 좋아하는 어떤 경찰서장이 저에게 해준 말입니다.
"법치주의가 사람 잡는다."

법을 집행하는 경찰서장이 한 말씀이니
일리가 있는 말씀 아니겠습니까?
우리가 법을 잘 지켜야 하지만
법에 인간을 가둬서도 안 된다는 뜻입니다.
법이라는 틀 안에 사람을 강제로 틀어넣어 꿰맞춰서는
안 된다는 의미입니다.

법이 인간을 규정하는 것은 아닙니다.

법은 사람을 위해 존재하는 것입니다.

법이 인간 위에 있는 것이 아닙니다.

법이 현실과 괴리돼 권력으로 존재하면서

인간을 불행하게 하고 있는 것은 아닌지!

늘 성찰하겠습니다.

최종적인 결론은 늘 사람입니다

정치든 경제든 문화든 스포츠든 최종적인 결론은 늘 사람입니다.

정치 발전! 경제 성장! 문화, 예술, 스포츠, 기술……!

모든 분야의 모든 성장은 사람의 성장 결과입니다.

사람의 성장이 최종적인 성장입니다.
사람의 성장이 최종적인 목표입니다.

사람이 성장의 수단이 아닙니다.
사람이 정치의 수단, 경제 · 돈벌이의 수단이 돼서는 안 됩니다.

다시 한 번 모든 성장은 사람의 성장입니다.

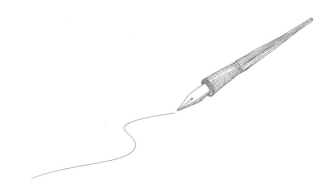

강원도를 강원일도(江原一道)라고 한 번 불러봅니다.

하나의 강원도라는 뜻입니다.

단결된 강원도, 힘 있는 강원도라는 뜻이기도 합니다.

Part.2

감자의 희망

냉전이 끝나고
대륙, 통일, 북극, 환경, 올림픽, 평화, 통합

강원도는 대한민국의 한쪽 변방이었습니다.

동서남북 모든 방향으로 막힌 공간이었습니다.

동쪽은 깊은 바다로, 북쪽은 DMZ(demilitarized zone, 비무장 지대)로,

남쪽은 또 다른 변방으로,

그나마 서쪽으로 조금 트인 공간을 가졌습니다.

모든 악조건을 가진 공간이었습니다.

그런 결과로 강원도는 국가 발전 전략에서 누락됐습니다.

산업화에서 배제됐습니다.

철도, 도로, 상하수도 등 지역 발전을 위한 투자는

이루어지지 않았고

그 결과로 수도권에서 가장 가까우면서도

가장 먼 곳으로 남아 있습니다.

냉전이 끝나면서 상황이 변화했습니다.

중국과 러시아가 자본주의 세계 속으로 편입됐습니다.

중국과 러시아에서도 먼 변방으로 남아있던

동북 삼성과 연해주, 블라디보스토크가

본격 개발되기 시작했습니다.

중국과 러시아에서도 이 지역이 가장 경제 성장이 빠른 지역입니다.

동북아 그리고 동해를 둘러싼

지정학적 가치가 높아지기 시작했습니다.

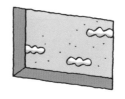

강원도의 위상도 달라지고 있습니다.

강원도의 전략도 역시 변화하고 있습니다.

강원도의 전략은

대륙으로 가는 전진 기지, 통일 중심지,

북극 발진 기지, 환경 가치 중심지,

겨울 올림픽, 스포츠 허브 등입니다.

이런 일들이 잘 진행되려면 이 지역의 평화가 대단히 중요합니다.
평화에 관한 리더십을 우리 강원도민들이 가지게 될 것입니다.

그래서 국내 정치적으로도 또 국제 정치적으로도
통합의 가치를 가지는 지역으로 자리매김하고자 합니다.

북극 항로

북극의 얼음이 녹기 시작하면서 북극 항로가 열리기 시작했습니다.
북극 항로는 유럽으로 가는 항로를 크게 단축하고 있습니다.
그리고 강원도에도 기회가 되고 있습니다.
동해안 항만들이 경제성을 가지기 시작한 것입니다.

동해안 항만들은 북극 관광의 출발 기지가 될 것입니다.
또 첨단 물류항으로 개발될 것입니다.

속초에서 크루즈 선 타고 북극 가자!

대륙

대한민국은 해방 이후 지금까지 해양 국가였습니다.
냉전 때문이었습니다.
일종의 섬이 돼 버렸습니다.
지리적인 이점을 상실한 것이었습니다.

냉전이 해체되면서 우리나라는 반도성, 대륙성을
조금씩 회복해가고 있습니다.
지정학적 이점이 살아나고 있는 것입니다.

한반도가 섬에서 통로로 바뀌고 있습니다.
통로가 되면 유동 인구, 유동 물류가 늘어나고
경제 활동이 상승합니다.

강원도는 대륙에 가장 가까이 있습니다.
당연히 대륙으로 가는 전진 기지입니다.

철도, 도로, 항공, 항해,
대륙으로 가는 교통 통로를 열어야 합니다.
그리고 열릴 것입니다.

우리 민족의 시원, 대륙으로 가자!

감자들의 꿈입니다.
꼭 그렇게 될 것입니다.

통일

대륙으로 가려면 북한을 통과해야 합니다.
북한을 통과하지 않고는 대륙으로 진출할 수 없습니다.

지금도 북한이 대륙과의 연결에 걸림돌입니다.

그러나 북한도 변하고 있습니다.
더디고 때로는 후퇴하고 있지만 큰 흐름에서는 변화하고 있습니다.

통일이 되면 대륙으로 가는 문이 활짝 열릴 것입니다.

일본에서 만든 상품이 부산에 도착해서 기차로
우리 강원도를 거쳐서 북한, 시베리아를 통과해서
저 먼 유럽 대륙으로 갈 수 있어야 합니다.

그리고 북한에 있는 엄청난 지하자원을

우리가 쓸 수 있는 길도 열릴 것입니다.

우리 강원도에서 북한의 지하자원을 가공하는

큰 규모화된 제철소, 제련소들이 세워져야 됩니다.

그것들을 가공해서 철도를 통해

중국과 러시아, 유럽으로 수출해야 합니다.

꼭 해내야 하는 일들입니다.

환경

강원도는 전국에서 기후 변화가 가장 적은 지역입니다.
산과 숲이 물이 많고 지대가 높기 때문입니다.
기후 변화 특히 여름철 기온 상승, 폭염을 피할 수 있는
유일한 지역입니다.

기후 변화로 인해 환경이 그냥 환경이 아니고
생존의 조건이 되고 있습니다.

올 여름, 더위 타는 분들 모두 강원도로 오세요!

올림픽

2018년 평창 동계 올림픽이 우리나라가 선진국으로 진입하는
계기가 될 수 있기를 기대해봅니다.
선진국 진입은 정치, 경제, 사회, 문화 전반
그리고 그 바탕이 되는 정신적 인프라의 성장이 있어야 가능합니다.

포용, 정의, 인내, 헌신, 희생, 배려, 양보와 같은
높은 정신적 가치들이 올림픽을 통해 만들어지기를
간절히 기원해봅니다.

평화

올림픽의 기본 조건이 바로 평화입니다.
북한이 올림픽에 동참하는 것이
평화를 유지하는 가장 좋은 길일 것입니다.
남북한 단일팀이 만들어지기를 기대합니다.

통합

올림픽은 국가 통합의 한 계기가 될 것입니다.

스포츠는 정파, 지역, 계층 등

나라를 가르는 모든 것들을

뛰어넘어 있으니까요.

360도 온 방향으로 싹을 틔우는 감자들과 잘 어울리는 단어입니다.

우리도 철도 좀 깔자!

강원도에는 해방 이후에 철도가 제대로 깔린 적이 없습니다.
그래서 몇몇 지역은 거리는 멀지 않은데
시간상으로는 가장 먼 곳으로 남아 있습니다.

이제 철도를 좀 깔아야 하겠습니다.
머지않아 대륙으로 연결될 철도들입니다.

자~! 떠~나자 동해 바다로 삼등 완행열차 기차를 타고~ 오!

강릉–원주, 춘천–속초, 여주–원주 그리고 동해안 종단 철도!

앗! 강원도 감자가
광주 번화가에 나타난 까닭은?

앗! 강원도 감자가

광주 번화가에 나타난 까닭은?

광주에서 양양 국제공항으로 가는

비행기가 있다는 걸

알리기 위해서!

그렇습니다.

광주-양양 간 비행 시간은

단 90분!

금, 토, 일에 운항합니다.

많은 이용 부탁드립니다.

김해, 김포 국제공항에도 다닙니다.

유령 공항이 천사 공항으로!

2009년에 BBC에서 양양 국제공항을 취재해서
'유령 공항'이라고 이름을 붙였습니다.
그리고 세상에서 가장 조용한 공항이라고 묘사했습니다.

그런데 제가 취임해서 가보니까
실제로 유령 공항이더라고요.

그 넓은 청사에 불을 모두 꺼놔서 대낮인데도 컴컴해
들어가기가 무서웠습니다.
또 사람이 소리를 내면 큰 공간에 울려서
메아리가 치는 것 같은 소리가 났습니다.
직원들은 1년 내내 아무 일도 안 하고 놀았습니다.
논 것이 아니고 일을 할 수가 없었지요.

2012년 중국 관광객을 유치하기 시작했습니다.

3만여 명이 양양 국제공항을 이용했습니다.

2014년에는 30~50만 명까지 늘릴 생각입니다.

올림픽 때까지는 100만 명 이상까지 늘려볼 생각을 가지고 있습니다.

이 일이 잘 되려면 72시간 무비자 입국이 급선무이고

이와 함께 제주 등 국내선 확장 등의 조치가 필요한 것 같습니다.

양양 국제공항을 평창 동계 올림픽의 관문 공항이자

동북아 거점 공항으로 선포합니다!

양양 국제공항은 이제 유령이 아니고 천사입니다.

나는 감자다

강원도 사람들이 받는 곤혹스러운 질문 중의 하나가 바로
"당신 도대체 누구야?", "너 누구냐?" 이렇게 물을 때입니다.

강원도 사람들의 역사적 정체성, 문화적 정체성이
모호하고 희미합니다.
정체성이 모호하니까 존재감이 없고,
존재감이 없으니까 정치든 경제든 자기 몫을 챙기지 못하는 일이
오랫동안 지속됐습니다.
정체성은 사람들을 묶는 구심력입니다.
접착제이기도 합니다.

먼저 해야 할 일이 역사적 정체성을 세우는 일입니다.
그 중 첫 번째로 한 일이 강원도의 관문이라고 할 수 있는
위봉문과 조양루를 제자리에 갖다놓은 것입니다.
그리고 앞으로는 춘천에 있는 조선 이궁의 본건물인 문소각을
복원하겠습니다.

고종(高宗) 황제는 구한말 외세의 침략으로 신변의 위협을 느꼈습니다.
그래서 신변이 위태로울 때 피신할 이궁(離宮)을 세우기로 하고
장소를 물색했습니다.

여러 곳을 검토한 끝에 춘천이 가장 안전하다는 결론을 내렸습니다.

그리고 춘천 지금의 도청 자리에 이궁을 지었습니다.

주건물인 문소각과 조양루, 위봉문 등으로 이루어진 궁이었습니다.

이 중 조양루와 위봉문을 복원했습니다.

문소각은 다행히 당시의 사진이 남아있습니다.

정확한 고증을 거쳐 전문가들의 의견을 따라

복원 여부를 결정하겠습니다.

앞으로 강원도의 고대 국가인 예국과 맥국의 실체를 밝히는 일도

착실하게 해나가겠습니다.

역사가 힘이다!

강원일도(江原一道)

강원도를 강원일도(江原一道)라고 한 번 불러봅니다.
하나의 강원도라는 뜻입니다.
단결된 강원도, 힘 있는 강원도라는 뜻이기도 합니다.

암상청불(岩床靑佛)

강원도 사람들을 암하노불(岩下老佛)이라고 부릅니다.

바위 밑에 앉은 나이 드신 부처님이라는 뜻입니다.

어떤 선배 한 분이 이것을 바꿔 부르라고 하십니다.

앞으로는 강원도 사람들을 암상청불(岩上靑佛)이라고 불러주십시오.

바위 위에 올라앉은 젊은 부처라는 뜻입니다.

앞으로는 강원도가 좀 뜰 것입니다.

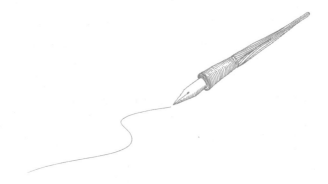

현장에 신이 있다.

때론 현장이 피하고 싶고 고통스러울 때도 많습니다.

그렇지만 그럴 때일수록 부딪쳐야 빨리 풀립니다.

답은 현장에 있습니다.

Part.3

작고 약하지만
귀하고 아름다운 것들

의료원, 전통 시장, 양양 국제공항, 탄광촌, 접경 지역, 어민들,
작은 학교, 다문화 가정, 탈북자들, 장애인들, 고아들, 어르신들
······!

작고 약하지만 귀하고 아름다운 것들 잘 지키고 살리겠습니다.

등록금, 한 학기 12만 원!

한 학기에 단돈 12만 원, 1년에 24만 원!

강원도립대학교 등록금 평균 액수입니다.

2011년 245만 원.

2012년 94만 원.

2013년 32만 원.

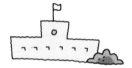

교육은 가장 돈이 남는 투자입니다.

투자 회수율이 가장 높은 투자입니다.

즉 주식 투자, 부동산 투자보다

돈벌이가 더 잘되는 투자라는 뜻입니다.

등록금을 줄이는 데 투자된 돈은

10년 후에 또 20년 후에

수십 배, 수백 배, 수천 배로 되돌아올 것입니다.

지뢰 피해자들

지뢰 피해자들은 강원도의 아픔 중의 하나입니다.

제가 우리나라에 보호나 보상을 받지 못하는
지뢰 피해자들이 있다는 사실을 안 것은 20여 년 전이었습니다.

그런데 도지사로 와보니까 20여 년이 지난 후에도
이 지뢰 피해자들이 전혀 수술도 받지 못하고
보상도 받지 못한 채로 고통을 받고 있었습니다.

대부분 연세가 70~80세의 어르신이 되셨습니다.

지금까지 방치되어 있는 그런 상황이었습니다.
법률은 여전히 아무 보호를 해주지 않고!

저는 이분들의 수술비를 마련하기 위해 여러 기업들을 접촉했습니다.

그중 삼성전자와 대한적십자사, 사회복지공동모금회,

그리고 방송사들이 호응을 해줘 돈을 모을 수 있었습니다.

재수술비, 휠체어 등 재활 장비를 위한 비용, 간병인 지원 등의

비용을 마련할 수 있었습니다.

행정의 범위를 뛰어 넘는 일이었습니다.

법률도 뛰어 넘는 일이었습니다.

모여진 성금으로 수술하신 한 분을 소개합니다.

이분은 어릴 때 지뢰를 밟으신 분입니다.

사람들이 죽을 줄 알고 마대에 담아서 병원으로 옮겼다고 합니다.

다행히 살아났지만 팔 한쪽과 한쪽 다리, 눈 하나를 잃었습니다.

부인은 도망치고 딸 둘을 두었는데,

두 딸이 절망 속에서 둘 다 자살을 했습니다.

그분이 수술을 받으셨습니다.

이미 늦었지만 지금이라도

남은 여생을 편안히 지내실 수 있기를 진심으로 기원합니다.

어릴 때 나물을 캐러 갔다가 지뢰를 밟아

넓적다리뼈가 부러지신 어머니가 계셨습니다.

평생을 일어서지 못하고 부러진 다리를 끌면서

한쪽 무릎으로 기어 다니셨습니다.

무릎에는 두꺼운 굳은살이 생겼고

부러진 대퇴골에서는 수술이 제대로 되지 않아

평생 고름이 흘러 나왔다고 합니다.

이분에게 재수술을 해드렸습니다.

지금은 일어서서 걸어 다니신다고 합니다.

평생의 소원을 푸신 것입니다.

여생이 편안하시길!

강원도에는 이런 피해자들이 굉장히 많습니다.

한국 전쟁 때 미군의 기총 소사에 부상을 입으신 분,
강제로 징집돼 북한에 침투했다가 제대한 뒤
입증 자료가 없어 보상을 받지 못하는 분,
군사 정권 강제 이주되신 분들
다양한 형태의 피해자들이 있으십니다.

행정의 범위를 넘어서는 일들입니다.
법적 제한이 있기 때문이지요.
그러나 언제나 해법은 있습니다.

정치가 못할 일은 없습니다.
마음만 내면!

까막 동네

삼척 도계읍에 전두리라는 마을이 있습니다.
여기에 '장미 사택'이라는 마을이 있습니다.

가파른 산비탈 좁은 평지에 함석지붕을 서로 잇댄 집들이
올망졸망하게 서로 붙어 있습니다.
집들은 좁고 낡았습니다.
아직도 공동 화장실을 쓰고 있답니다.

동네에 한글을 아시는 분이 별로 없어서 그런지,
게다가 석탄 때문에 동네가 워낙 까매서 그런지
'까막 동네'라고 불립니다.

과거 석탄을 캐던 시절에 이주해오신 분들입니다.
지금은 그 일마저도 끊겨
먹고사는 일이 막막한 분들입니다.

우선 정기적인 건강 검진과 연탄 지원 등
지원책을 마련했습니다.

생계 대책을 마련하기 위한 회의를 수시로 하고 있습니다.

감자 원정대! 안 오면 쳐들어간다

안 나오면 쳐들어간다가 아니라 안 오면 쳐들어간다.
즉 싸가지고 가서 판다.

전통 시장이 큰 어려움을 겪고 있습니다.
손님들이 대형 마트, SSM으로 가기 때문입니다.

그래서 전통 시장 상인들과 물건을 싸들고
사람들이 많은 곳으로 팔러 다니기로 했습니다.

감자들이 강원도를 떠나 서울로 감자를 팔러간다!
이 떠돌이 감자들의 이름이 '감자 원정대'입니다.

처음에는 어려움을 겪었습니다.

그러나 점차 실력이 늘었습니다.

판매량도 늘었습니다.

원정대 숫자를 크게 늘려나갈 예정입니다.

도루묵 지사라고?
꼴뚜기 지사가 아닌 것이 다행입니다

알이 톡톡 터지는 도루묵!
아시는 분은 아시고 모르시는 분은 모르시는 생선

동해안에서 갑자기 많이 잡히기 시작했습니다.
그런데 팔리지를 않아서
냉동을 해서 창고에 쌓아두고 있었습니다.

어느 날 행사 중에 만난 수협장께서 도루묵이 많이 쌓여 있으니
도루묵 좀 팔아 달라는 것입니다.
어민들이 고통을 겪고 있으니
우선 도루묵을 사들여놓고 고민을 하시던 분이었습니다.
훌륭한 공인의 자세라고 생각합니다.

그런데 그건 그렇고 이거 참!

공무원이 도루묵을 팔아도 되나?

팔 수는 있고?

기껏 팔아봐야 몇 마리나 팔려나?

망신만 당하는 건 아닐까?

그래도 한번 시작해봤습니다.

트위터에 띄우고

언론에 부탁하고

동영상도 만들어보고……!

어떤 날은 하루 578상자, 1,000만 원어치 이상이 팔렸습니다.

너무너무 감사하고 고맙고 힘이 납니다.

대한민국 국민들을 믿자!

그런데 그 뒤에 제 별명이 하나 더 생겼습니다.

도루묵 지사!

어감이 너무 별로라서! 그래도 꼴뚜기가 아닌 것이 다행이지!

어민 여러분들 힘내세요!

뭐 남진 선생님이 전통 시장에!

남진, 송대관, 태진아, 설운도, 현철, 현숙, 혜은이……
공통점이 뭘까요?

최고의 트로트 가수라는 공통점도 있지만
이분들은 2011년 10월부터 시작된
전통 시장 활성화를 위한 왁자지껄 마케팅 행사에서
우리 강원도 곳곳의 전통 시장을 찾아 상인들을 격려하고
시민들과 함께 장을 보면서 강원도 전통 시장에
생기를 불어넣어준 고마운 연예인들입니다.

왕년의 대스타 남진 선생님도 여러 차례 전통 시장을 찾아
공연을 해주셨습니다.

저 푸른 초원 대신!

왁자지껄한 시장 속에!

그림 같은 집을 짓고!

꽃미남과 돼지머리!

꽃미남 아이돌 스타들이 돼지 머리, 막걸리와 함께!
유키스와 B1A4, 에이프린스, 헬로비너스 등
인기 절정의 아이돌 스타들도 강원도 전통 시장을 위해
시장 곳곳을 누비며 홍보도 하고 콘서트도 열어
지역 청소년뿐만 아니라
전국에서 팬들을 전통 시장으로 불러 모았습니다.

덕분에 강원도의 전통 시장 이름을 널리 알렸고,
청소년들이 전통시장을 찾을 수 있는 기회를 가졌습니다.

이 일로 강원도가 2013 전국우수시장박람회에서
'전통 시장 활성화 최우수상'을 받았습니다.
큰 상을 받아 기쁘고 영광입니다.

그동안 전통 시장 살리기를 위해

재능 기부를 해준 아이돌 스타들,

상인 여러분들,

지역 주민들,

관계 공무원들과 여러 단체들이

함께 힘을 모아 애써주신 결과입니다.

모두 모두 힘내세요. 파이팅!

효도 10종 세트

TV 홈쇼핑 상품명 같습니까?
아닙니다.
효도 10종 세트는 강원도가 시행하는
'어르신 모시기 정책들'의 이름입니다.

효도 택시, 효도 수술, 효도 전화, 효도 방문,
효도 급식, 효도 냉난방, 효도 아파트, 효도 틀니 등등!

어른신들이 가장 가지고 싶어 하시는 것은 효도 일자리입니다.
어르신들을 위한 일자리도 가능한 한 많이 만들겠습니다.

효도 아파트

홍콩이나 싱가포르에 가면 노숙자가 없습니다.
왜 그런가 알아 봤더니 정부가 작은 네 평짜리 아파트를
공짜로 제공하기 때문이었습니다.

우리 강원도에는 연세 높으신 어르신들이 많고
특히 혼자 사시는 취약 계층이 많습니다.
약 2만여 명 되십니다.

이분들이 무료로 혼자 사시기에 좋고 관리비도 많이 들지 않는 집을
100가구 만들어서 시범 운영하겠습니다.

효도 수술

강릉의료원에서는 무릎 관절이 상해 고통을 겪으면서도
돈이 없어 수술을 하지 못하는 분들을 위해
인공 관절 수술을 해드립니다.

수술비는 시중 가격으로 양쪽 무릎이 1,100만 원 선이라고 합니다.
어르신들에게는 만만치 않은 가격입니다.

무료로 해드립니다.

주변에 이런 어르신들이 계시면 소개 부탁드립니다.

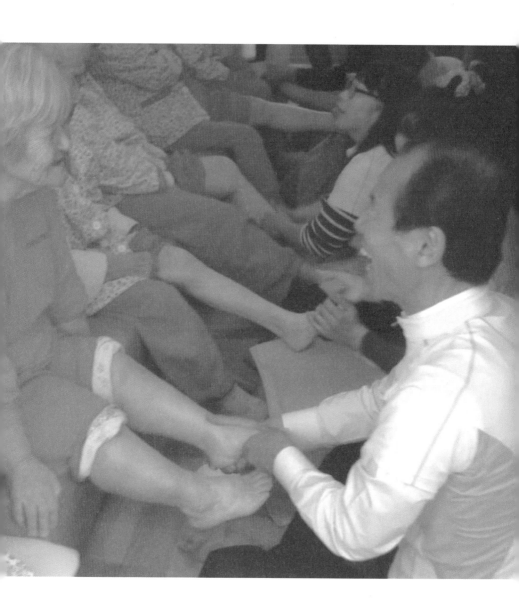

효도 택시

강원도에는 산골이 많습니다.
저 산골에 사시는 어르신들이 읍내에 있는 병원에 가시려면
어떻게 해야 할까요?

버스를 타셔야 합니다.
그런데 버스가 하루에 두세 차례밖에 들어오지 않습니다.
그나마도 적자가 심해서 노선이 폐지된 곳이 많습니다.

효도 택시를 만들어 봤습니다.
택시를 불러 타시고
그 비용을 시·군 그리고 강원도가 내드리는 제도입니다.
일단 시범적으로 해보려고 합니다.

어르신들도 언제라도 전화해서 타실 수가 있어서 편리하고

불경기로 고통을 받고 있는 택시 기사님들도

조금이나마 도움이 될 수 있을 것 같고요.

시범 운영이 잘 되기를 기대해봅니다.

수화에 사투리가 있을까요?

수화를 몇 마디 배우면서 가졌던 궁금증입니다.

수화에 사투리가 있을까요?

수화에 영어가 있을까요?

그렇다면 수화도 통역을 할까요?

답은 '그렇다'입니다.

수화에도 사투리가 있고 나라마다 말이 다릅니다.

그래서 통역도 있습니다.

이상하게 많은 사람들이 수화는 세계 공통 언어인 줄 알고 있습니다.

저도 그랬으니까요.

그런데 아닙니다.

강원도의 장애인 여러분 모두 힘내십시오. 파이팅!

맑은 강원!

맑은 강원! 무슨 구호가 아닙니다.
강원도에서 만드는 '토종 소주'의 이름입니다.

지역 제품을 많이 소비해야 지역에 일자리가 생깁니다.
지역에서 세금도 많이 냅니다.
그러면 그 돈을 재투자해서
다시 더 큰 기업을 만들고 더 많은 일자리를 만듭니다.
우리 자신이 먼저 우리 것을 아끼는 마음을 지녀야 한다는 것입니다.

맑은 강원! 소주 먹고 정신 차리자!

작은 학교들 없애면 안 돼!

마을 공동체 해체는 우리 강원도가 안고 있는
가장 큰 고민 중 하나입니다.

사람들이 떠나면서 마을이 공동화되고 있는 것입니다.
그러다 보니 학교에도 학생들이 줄어
정부에서는 학교를 폐쇄하려고 하는 것입니다.

정부의 고민을 이해하지 못하는 것은 아니나
지역에서는 받아들이기가 힘듭니다.

학교가 없으면 아이들이 지역에서 살 수가 없는 것입니다.
그러면 아이들이 떠나야 하고 공동화가 가속화되는 것입니다.

아이들이 없으면 미래가 없습니다.

결국 학교가 없으면 지역이 없는 것입니다.

하나의 바람은 훌륭한 통신 기술 등을 통해

물리적으로 멀리 떨어져 있어도 좋은 교육을 받을 수 있는

교육 시스템을 교육청과 함께 갖춰보는 것입니다.

작은 학교들에 희망을 줍시다!

인순이 학교? 엄마 학교!

혼혈의 아픔을 영혼에 담아 온몸으로 노래하는 가수 인순이 선생님!

어느 날 강원도를 찾아 오셨습니다.

다문화 학교를 만들고 싶으시다고!

당신이 가장 잘할 수 있는 일이라고!

당신이 가장 잘 아는 일이라고!

당신이 겪은 일들을 아직 잘 기억하고 있노라고!

그리고 그들의 아픔을 엄마처럼 보살펴주는 학교를 만들고 싶다고!

그렇게 해서 엄마형 다문화 학교가 탄생했습니다.

강원도 홍천 명동에!(강원도에도 명동이 여러 군데 있습니다)

여섯 명의 학생으로 시작을 하셨더군요.

1년여 만에 가 보니까 학생들이 입학 당시와는 완전히 달라졌더군요.

사랑의 힘이 크다는 것을 느꼈습니다.

여기 저기 입소문이 나서

우리 학생들도 입학하겠다는 사람들이 많이 늘었습니다.

학교를 키워야 하는 모양입니다.

엄마 학교! 화이팅!

이름이 중요하다
폐광 지대는 에너지 지대로!

"이제 우리 태백을 폐광지로 부르지 않겠다."
이것이 저희들의 생각입니다.

폐광 지역이라는 말은 너무 부정적이고
곧 문 닫을 지역처럼 보입니다.

앞으로는

"이 나라의 에너지 산업을 이끌고 나갈 에너지 지구"

이렇게 부를 예정입니다.

우리가 몇 가지 신기술만 새롭게 성공시켜내면

사업을 확대해서

우리 태백시민들이 좀 더 자신감을 가지고

과거 44만 명의 인구를 가졌던 태백시로

다시 성장해나갈 것입니다.

반드시 해내겠습니다.

옥수수 양말!

옥수수 양말이라고 들어 보셨습니까?

옥수수로 만든 양말입니다.

대학생들이 만들었습니다.

신다가 버리면 완전히 썩어서 없어지는 친환경 양말입니다.

아직 가격이 조금 비싸고 디자인이 다양하지 못하고

무엇보다 널리 알려지지 않아서

크게 성공을 하지는 못하고 있는 것 같습니다.

그러나 대학생들의 패기와 창의력이

꼭 옥수수 양말로 성공 스토리를 쓸 것으로 믿어 의심치 않습니다.

강원도는 사회적 기업(마을 기업, 협동조합, 주민 주식회사, 풀뿌리 기업,

자활 센터 등을 통칭하는 명칭으로 사용하고 있습니다)을

경제의 한 축으로 생각하고 있습니다.

종합 발전 계획을 만들었고 예산을 확대 편성하고

지원 센터를 만들었습니다.

그러나 가장 중요한 것은 역시 도민들의 관심과 사랑입니다.

옥수수 양말 신고 옥수수 먹자!

현장에 신이 있다

현장에 신이 있다.
제 슬로건 중 하나입니다.

현장에 문제도 있고 해결책도 거기에 있다는 뜻으로 쓰고 있습니다.
때로는 현장에 가는 것만으로도 문제가 해결되는 경우가 많습니다.
사람을 만나 얘기를 듣는 것만으로도
문제가 해결되는 경우도 많이 있습니다.

때론 현장이 피하고 싶고 고통스러울 때도 많습니다.
그렇지만 그럴 때일수록 부딪쳐야 빨리 풀립니다.

답은 현장에 있습니다.

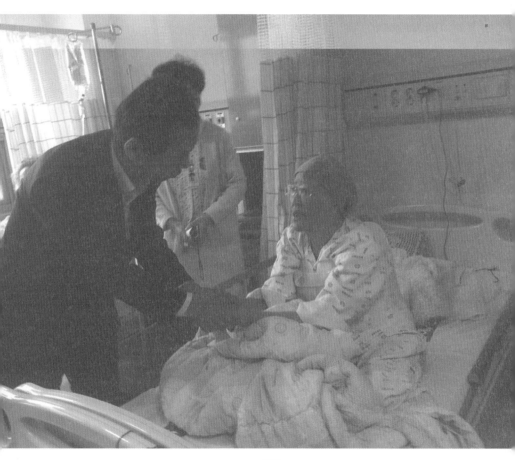

글로벌 감자!

감자는 세계에 가장 널리 퍼져 있는 식물 중의 하나입니다.

안데스에 있던 식물이 이렇게 빠르게 널리 퍼진 데에는

그만한 이유가 있습니다.

어떤 기후에도 잘 견디는 인내심,

어떤 토양에도 잘 적응하는 순발력,

어떤 악조건 속에서도 싹을 틔우는 왕성한 번식력 등이 그것입니다.

강원도 감자만이 가지는 탁월한 생명력입니다.

감자가 글로벌 감자가 될 수 있었던 이유입니다.

이제 강원도 감자들도 글로벌 감자가 될 준비를 하고 있습니다.

우리가 그동안 폐쇄된 공간에서 살면서

몸에 밴 과거의 행동 양식을

이제는 버려야 할 때가 왔다고 생각합니다.

우리 강원도민들은

이제 국제적 감각과 세계적인 역량을 갖춘

세계 시민으로 성장해갈 것입니다.

백배사죄

어제 제가 원주를 갔는데,
민생 탐방을 하는 도중 어떤 어머니 한 분이
화를 내면서 저한테 오시더니
"당신! 그렇게 집안을 돌보지 않고
다니는 사람이 무슨 도지사를 하냐"고
막 화를 내시더라고요.

그래서 제가 왜 이렇게 화를 내시느냐고 했더니
"우리 영감이 평생 그러고 살았어!"

그래서 제가 백배사죄를 했습니다.

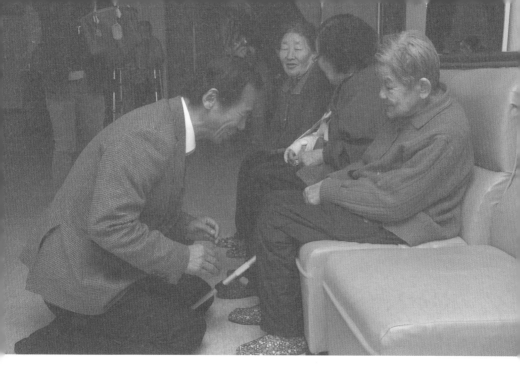

아~! 나만 이렇게 사는 것은 아니구나……
혼은 났지만 위안도 많이 받았습니다.

저희 어머니와 아내 즉 여성들이
집안의 기둥이었다는 것을
나중에 깨닫게 되었습니다.

천전리 산사태!

2011년 7월 27일 새벽에 춘천시 천전리에서
우리 강원도의 어린 새싹들에게 미래의 꿈을 심어주기 위해
발명 동아리 봉사 활동을 하다 열 명의 인하대 학생들이
산사태로 귀하디귀한 목숨을 잃었습니다.

김유라, 김유신, 김재현, 성명준, 신슬기,
이경철, 이민성, 이정희, 최민하, 최용규 학생에게
다시 한 번 강원도민과 함께 깊은 애도를 표하는 바입니다.

눈에 넣어도 아프지 않을 자식을 떠나보낸
유가족들의 상처와 슬픔 앞에 온 도민의 위로를 전하는 바입니다.
그리고 그 아픔을 온 도민과 함께 나누고자 합니다.

사고가 난 이후에 사고 현장인 마적산을 여러 차례 올랐습니다.
사고 현장이 바라다보이는 맞은편 산에도 여러 차례 올랐습니다.
그 산 이름이 빙산이더군요.

아직도 사고 흔적이 남아 있습니다.
지금 다시 가서 봐도 도저히 받아들여지지가 않고
납득이 되지가 않습니다.

희생된 학생들에게 지금이라도 저희가 할 수 있는 일은
첫째 '앞으로 이런 일이 더 이상 일어나지 않도록 해야 한다',
둘째 '이미 발생한 사건·사고에 대해서도 위로할 수 있는 제도를
만들어야 되겠다'라고 결론을 내렸습니다.

그 결과로 저희들이 전국에서 최초로
지역 재난 조례를 만들었습니다.
지금까지는 없었던 일입니다.
지역에서 일어난 재난에 대해

지역에서 위로하고 보상하는 최초의 사례가 됐습니다.
학생들의 희생에 대한 대가라고 생각합니다.
의미 있는 변화라고 생각을 하고 있습니다.

이 조례가 희생자 유가족 한 분 한 분께
조금이나마 마음의 위로가 될 수 있기를 기원합니다.

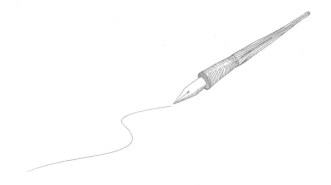

감자 밭에는 다툼이 없습니다.

감자는 모두가 친구입니다.

돼지감자, 자주감자, 씨감자, 개량 감자! 모두 친구입니다.

친구가 되는 데 크기나 무게나 색깔은 상관없습니다.

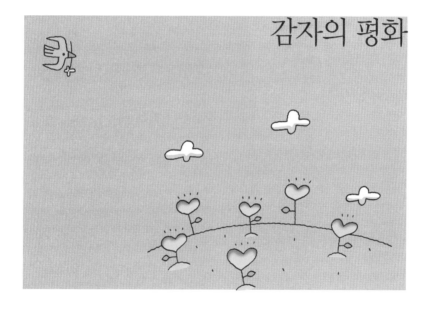

Part.4

감자의 평화

감자는 서로 다투지 않는다

감자 밭에는 다툼이 없습니다.

감자는 모두가 친구입니다.

돼지감자, 자주감자, 씨감자, 개량 감자! 모두 친구입니다.

친구가 되는 데 크기나 무게나 색깔은 상관없습니다.

감자는 모두 제자리에 있습니다.

가끔 굼벵이가 동네를 어슬렁거리고 돌아다니지만,

평화로운 감자밭!

북강원도의 인구가 더 많다고?

강원도는 유일한 분단도입니다.

남강원도의 인구는 155만 명, 북강원도의 인구는 168만 명입니다.

그렇게 둘로 나뉘어 있는 가운데,
DMZ의 3분의 2를 공유한 채 중무장한 군대가
양쪽에서 서로 대치하고 있습니다.

그래서 군사적 규제를 강하게 받고 있습니다.
그 때문에 경제적 발전도 가장 뒤처졌습니다.
한마디로 살기 어려운 지역으로 남아 있습니다.
올해로 정전된 지 60년을 넘겼습니다.

강원도가 이제는 평화와 번영의 지역으로
바뀌었으면 하는 바람입니다.

파로호의 이름을 바꿔야 합니다

오랑캐, 즉 '중공군을 대파한 호수'라는 이름의
'파로(破虜: 팔로, 중공군)호'는 이제 그 이름을 바꿔야 합니다.

적군이었던 중공군은 이제 더 이상 적군이 아닙니다.
가장 교역을 많이 하는 나라, 가장 많은 관광객을 보내는 나라,
더 나아가 정치·군사적 이해를 함께하는 나라로까지 발전했습니다.

번영을 이루고자 하면 평화가 필요합니다.
평화가 번영의 필수적인 조건입니다.
평화를 이루려면 과거의 원한, 가슴속의 원한을 씻어내야 합니다.
해원(解寃)이 평화를 이루는 조건입니다.

참혹한 전쟁을 치르면서 쌓인 원한과

원망, 분노, 좌절, 절망, 아픔, 고통이

모두 씻어지고 풀어지고 치유되기를 간절히 기원합니다.

전쟁의 땅, 분단의 땅, 분노의 땅 강원도도

이제는 평화와 번영의 땅으로 거듭날 수 있기를 간절히 기원합니다.

먼저 가신 호국 영령들께서 그 길을 열어주실 것입니다.

다시 한 번 이 땅에서 서로 총을 겨눴던

전 세계의 젊은 영혼들의 화해와 평화와 안식을 기원합니다.

칠종칠금

저의 선친은 6.25 참전 용사입니다.

전쟁이 터지자 춘천초등학교에서 징집돼

6사단 2연대에 배속된 뒤 3년 내내 전쟁을 하셨던 분입니다.

3년 내내 전쟁을 한 사람은 매우 드물다고 합니다.

그 당시 초급 장교들이 워낙 많이 전사를 하자

사병들 중에서 장교로 임용을 하는 현지 임관 제도가 있었는데

그때 부친께서도 소대장으로 임용돼 대위로 제대를 하셨습니다.

6사단은 우리나라 최정예 사단으로

한국 전쟁 당시 압록강 초산까지 밀고 올라갔던

역사에 남는 사단입니다.

이후 중공군의 개입으로 후퇴를 하는 과정에서

많은 희생이 있었다고 합니다.

선친께서는 전우들과 술을 드시면

중공군에 밀려 후퇴하면서

일곱 번 포위되었다 일곱 번 살아남았던 이야기를 자주하셨습니다.

선친의 이런 인연으로 저도 6사단 명예 사병입니다.

작년에 6·25참전 유공자 '호국영웅기장' 전수식이

63년 만에 열렸습니다.

호국영웅기장을 받으신 111분의 영웅들 중에는

부친의 전우도 두 분이 계시더군요.

지금은 영웅으로 불리시는 분들이

그동안은 참으로 어렵게 사셨습니다.

한창 나이에 전쟁에 참전해 교육 기회를 놓치신 분들이 많았습니다.

그렇다 보니 취업과 경제 활동에 장애를 겪으셨고

그 어려움은 2세들에게까지 대물림이 된 경우가 많았습니다.

전쟁 후유증에 시달리는 분들도 많습니다.

전쟁 영웅들을 아버님처럼 모시며

남은 생을 조금이나마 편하게 사실 수 있도록 노력하겠습니다.

병역 명문가

저희 형제들 3형제가 전부 군대를 다녀왔습니다.
제 동생들은 각각 해병대와 특전사,
저는 화천 7사단 철책에서 근무를 했습니다.

작년에 제 조카가 마지막으로 제대를 함으로써
우리 가문은 병무청에서 지정하는 병역 명문가가 됐습니다.

병역 명문가란 3대에 걸쳐 그 집안 남성 모두가
병역을 잘 마친 집안에 대해 병무청이 지정하는 제도입니다.

제 처갓집도 군인 집안입니다.
장인어른은 육군 소장 출신이십니다.

저희 가문이 군에 봉사한 기간을 합치면 70년을 넘습니다.

저는 이 사실이 매우 자랑스럽습니다.

어머니가 자식에게 죽으라고 하다니!
안중근에게 보낸 편지

지금부터 104년 전 청년 안중근(安重根)은
이토 히로부미를 저격합니다.

안중근의 어머니 조 마리아 여사는
사형을 앞둔 아들에게 편지를 보냈습니다.
안중근의 나이 불과 서른두 살, 3남 1녀의 맏아들로
황해도 부잣집에서 태어난 신동이었습니다.
어머니가 보낸 편지의 내용은 이렇습니다.

"너의 죽음은 너 한 사람 것이 아니라
조선인 전체의 공분을 짊어지고 있는 것이다.
네가 항소를 한다면 그것은
일제에 목숨을 구걸하는 짓이다.

네가 나라를 위해 여기에 이른즉

딴 맘먹지 말고 죽어라!

옳은 일을 하고 받은 형이니 비겁하게 삶을 구하지 말고

대의에 죽는 것이 어미에 대한 효도다.

아마도 이 편지는 이 어미가 너에게 쓰는

마지막 편지가 될 것이다.

여기에 너의 수의를 지어 보내니

이 옷을 입고 가거라!

어미는 현세에서 너와 다시 만나기를 기대하지 않으니

다음 세상에는 반드시 선량한 천부의 아들이 되어

이 세상에 나오너라."

이후 네 달 만에 안중근은 사형 언도를 받습니다.

안중근은 항소를 하지 않고

어머니가 편지와 함께 보낸 흰 옷을 입고 순국합니다.

DMZ의 3의 2를 우리가 지킨다

강원도는 군인들의 땅입니다.

60만 명의 국군 중에서 20만 명이 우리 강원도에 주둔하고 있습니다.

그만큼 지켜야 하는 면적도 넓습니다.

총성이 멎은 지 60년이 지난 지금도 우리 아들딸들이

혹한의 추위에서 혹서의 더위에서,

눈 속에서 비바람 속에서,

밤을 새며 새벽을 밝히며,

거친 바다에서 높은 하늘에서,

적근산에서 대암산에서 북한강 차디찬 강변에서,

동해안 아야진 앞 해변에서,

이 고지 저 능선을 뛰며 오르며,

휴전선의 3분의 2를 지키고 있습니다.

자랑스러운 국군 장병들과 그 가족들의 노고에

강원도민들을 대신해서 감사와 고마움을 전하는 바입니다.

그리운 금강산

이제는 금강산 관광을 재개해야 합니다.

기업인들 그리고 우리 강원 도민들의 피해가
너무 깊고 크다는 점을 강조하고 싶습니다.

40억 원을 투자해서 사업을 하시던 분이
지금은 보험 외판원을 하시는 분이 있으십니다.
그리고 200억 원을 투자하고 생계를 걱정하고 계신 분도 있습니다.

강원도 고성군민들은 금강산 관광이 시작될 때
빚을 얻어서 건어물 가게, 숙박업소, 식당, 기념품점을 시작했습니다.
그러다가 관광이 중단되니까 빚을 갚지 못하고 독촉들 당하자
야반도주를 한 가정이 많습니다.

그러다 보니 이혼 가정도 늘고 고아도 늘고
할머니에게 맡겨진 아이들도 많이 생겼습니다.
가장들은 객지로 떠돌고요.

다시 한 번 어려움을 겪고 있는 기업가 여러분들, 고성 군민들께
위로를 올립니다.
금강산 관광 빨리 재개합시다.

이승만 별장에서 남북 대화를!

강원도 최북단 고성군수의 대정부 건의문입니다.
'김일성 별장과 이승만 별장에서 남북 대화를 시작하라!'

강원도 고성 화진포에는 이승만 별장과 김일성 별장이
아주 가까운 거리에 있습니다.

많은 분들이 우연의 일치라고 말씀하시지만 우연이 아닙니다.
대한민국 최고의 절경이니
당대의 권력자들의 별장이 있는 것이 당연한 일입니다.
우연이 아닙니다.

김일성 별장 앞에는 김정일이 어릴 때 아버지를 따라
이곳에 놀러왔던 사진이 붙어 있습니다.

화진포 아름다운 절경 속에서 남북 대화를 소망하시던

황종국 고성 군수님은 작년에 지병으로

재직 중에 세상을 떠나셨습니다.

명복을 빕니다.

남북 대화가 시작되고 금강산 관광이 재개되면

술 한 잔 올리겠습니다.

크리스마스실이
어떻게 시작되었을까요?

김일성 별장의 본주인인 셔우드 홀(Sherwood Hall)은
최초로 크리스마스실을 만들어 결핵을 퇴치한 분입니다.

김일성 별장이 김일성 별장이 되기 전 원주인인 셔우드 홀이
그곳에서 크리스마스실을 만들었다고 합니다.

아! DMZ

DMZ! 지금은 외국인들이 가장 보고 싶어 하는 관광지가 됐습니다.
그럴 수밖에 없습니다. 지구 상에서 단 하나뿐인 존재이니까요!

화천 7사단에 칠성 전망대가 잘 꾸며져 있습니다.
한 번씩 다녀오시면 고맙겠습니다.
철원 평화 · 문화 광장도 좋습니다.
양구 을지 전망대, 고성 통일 전망대 모두 볼 만합니다.

DMZ 자체는 너무나 평화롭습니다.

작은 통일, 강원 평화특별자치도!

강원도는 작년 대통령 선거 때 두 분의 대통령 후보에게
몇 가지 공약을 요구했습니다.
그중의 하나가 강원도를 평화특별자치도로
지정해달라는 요구였습니다.
강원도를 남북 간의 평화를 제도화하고 정착시키는
자치도로 해달라는 내용이었습니다.
즉 강원도에 평화를 '제도화하자'는 내용입니다.

강원도에서 통일 연습을 미리 해보자는 것입니다.
통일이라는 것이 의도하지 않게 갑자기 다가올 수도 있으니까
미리 준비하자는 것입니다.

남북한의 법률, 제도, 행정, 화폐, 언어 등등이
너무 많이 달라져 있습니다.
무엇이 다르고 어떻게 대응해 나가야 할지
미리미리 대비해야 합니다.

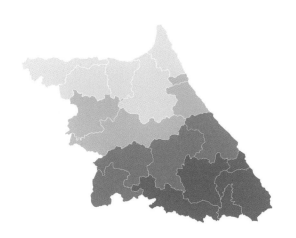

통일 연습, 남북일제(南北一制)

홍콩은 일국양제(一國兩制)로 운영됩니다.

한 나라에 두 제도라는 뜻입니다.

강원도 고성군은 남북으로 갈라져 있는 군입니다

홍콩의 일국양제를 반대로 뒤집어서

남북일제로 시범 운영해보자는 것입니다.

남북을 하나의 제도로 시범 운영해보자는 것입니다.

통일은 거대한 계획을 추진하는 것에서부터

시작하는 것이 아니라

강원도의 한 마을로부터 시작할 수 있습니다.

이름이 중요하다
접경 지역 NO! 평화 지역 OK!

강원도는 DMZ를 바라보는 근본적인 철학과 관점을
바꾸고자 합니다.

DMZ가 과거에 전쟁, 분단, 갈등, 분노, 폐쇄의 상징이었다면
지금부터는 평화, 통일, 화해, 개방의 상징이 돼야 합니다.

이 새로운 철학과 관점의 반영으로
명칭도 이제는 'DMZ 접경 지역'을
'남북 평화 지역'으로 바꿔야 되는 것 아니냐는
의견에 동의합니다.

철원→쇠벌→쇠얼→서얼→서울

철원(鐵原)은 이두식 표현입니다.

쇠 철, 벌 원, 읽을 때는 쇠벌!

쇠벌은 쇠얼→서얼→서울 즉 서울이라는 뜻입니다.

철원은 서울이 될 만큼 넓은 땅(철원 평야)과

비옥한 토양을 가졌습니다.

철원은 언젠가 남북 행정 수도가 될 것입니다.

이름에 그 예언이 담겨 있습니다.

궁예는 철원에 수도를 정하면서

철원을 철원경(鐵原京)이라고 불렀습니다.

京 자는 당시에는 황제가 사는 곳에만 붙일 수 있는 단어였습니다.

한 손으로는 매듭을 풀지 못한다

'한 손으로는 매듭을 풀지 못한다.'

러시아 속담입니다.

남북 관계를 푸는 것도 그렇고

정치고 그렇고

노사 문제도 그렇고

부부 관계도 그렇고

모든 인간관계, 세상일이 돌아가는 원리가 그렇습니다.

한 손으로는 매듭을 풀지 못합니다.

철책에 바로 붙어 있는
철원 평화·문화 광장

강원도는 철원에 평화·문화 광장을 지었습니다.

바로 철책에 붙어 있습니다.

아마 철책에 가장 가까이 지어진 비군사 시설이 아닌가 싶습니다.

이 평화·문화 광장에는 국경선평화학교가 운영되고 있습니다.

정지석 목사라는 분이 가족들을 모두 데리고 들어와서

국경선평화학교를 운영하고 있습니다.

이 평화·문화 광장이 통일 시대의 상징이 될 것입니다.

독일의 베를린 장벽이 한때는 분단과 폐쇄의 상징이었으나

지금은 100만 명이 찾는 관광 명소가 되었듯이.

"왜 그래요? 아깝게!"

슈바이처(Albert Schweitzer)가 아프리카 식인종에게
'전쟁'에 대해 말해줬다.
식인종이 물었다.
"한 열 명쯤 죽이나요?"
슈바이처가 답했다.
"아닙니다. 헤아릴 수 없이 죽입니다."
식인종이 말했다.
"왜 그래요? 먹지도 않으면서? 아깝게!"

전쟁 반대!

"하늘은 남을 돕는 자를 돕는다"

"하늘은 남을 돕는 자를 돕는다."
어느 성인도 경쟁해서 남을 앞서고
그것을 어떻게 해서든지 지키며 살라고
가르치지 않았습니다.

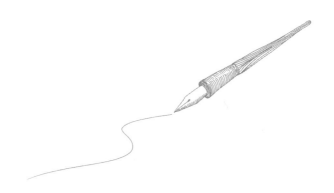

'바람불이'가 무엇일까요?

동해안에 있는 마을 이름입니다.

'바람이 많이 부는 마을'이란 뜻입니다.

정겹지요?

Part.5

감자 마을
에피소드들

율곡의 10만 양병설이
받아들여지지 않은 이유

강릉 사람 율곡 이이(李珥)선생께서 선조(宣祖) 임금을 알현하고
강력하게 주청을 올렸습니다.

율곡 임금요, 저 물 건너 배룩이 마한(벼룩이 만한) 땅땡이 사는
영깨이(여우) 같은 종재(종자)들이
시방(지금) 뭔느무(무슨) 잭패르(작당을) 하고 있는지 아슈?

선조 과인이 물 건너 일어나는 일을 어떻게 알 수 있겠소?

율곡 쟈들이 시방 때거리로 몰래다니미
쇠꼽(쇠)으 짜들고(두드리고) 발코서(펴서)
지다마한 조총이라는 거르 맹그는데!
궁기가(구멍이) 두 겐기(두 개인데)

한 개는 눈까리(눈)에 대고 전조서(조준해서)

손가락으로 까닥하믄

큰느므(큰) 궁기서는 배락으 치미(벼락이 치며)

불땡이가 나가미 째재한 쇠꼽이(쇠덩이가) 날아가는데

그기(그것이) 배때기에(배에) 맞으면

창지(창자)가 퇘나오고

대가리에 맞으면 눈탱이 주대이 날아가미

마커(모두) 쎄가 빠지잖소!

우떠하믄 좋쏘?

우리도 장쟁이르(장정을) 10만으 키워야 되요.

선조 지금 무슨 말을 하는지 도저히 알아들을 수가 없으니

서울 말로 해보시오.

율곡 싫어요. 서울 맬이 을메나 어려운데요.

난 강릉 사람이게 때문에 강릉 말으(말을) 끝까지 할끼래요.

- 강릉 사투리 유머집에서 인용

손흥민 파이팅!

손흥민 선수는 강원도 출신입니다.
원주와 춘천에서 축구를 시작했습니다.
손흥민 선수가 유럽으로 가기 전에 잠시 인사를 왔기에
제가 이렇게 물었습니다.

나 차범근 선수가 분데스리가에서 몇 골을 넣었는지 알아요?

손흥민 모르겠는데요?

나 98골입니다.

손흥민 아 그렇게 많이 넣었습니까?

나 손흥민 선수가 동료들과 경쟁을 하면 10골을 넣을 수 있어요.
그런데 동료들과 협력을 하면 100골을 넣을 수 있어요.
몇 골 넣을래요?

손흥민 100골이요!

나 짝짝짝! 박수~

손흥민 선수는 명민하고 머리가 좋은 선수입니다.
게다가 아직 어리지만 인간성에 대한 깊은 이해와
인격을 갖추고 있습니다.
반드시 100골을 넘게 넣는 대선수가 될 것입니다.

가족사진 조작 사건

몇 년 전 방송에 소개된 한 초등학교 2학년 학생의 글이
화제가 된 적이 있습니다.

"엄마도 좋고 냉장고도 좋고 강아지도 좋다.
예뻐해주고 먹을 것도 주고 놀아주니까!
그런데 아빠는 왜 있는지 모르겠다."

이 짧은 편지가 《경향신문》에 헤드라인으로 소개되고
널리 회자되면서 우리 사회에 진한 페이소스를 던졌습니다.

저도 비슷한 경험이 있어 소개합니다.

제 큰딸이 초등학교 시절,

선생님께서 가족사진을 한 장씩 가져오라고 하셨답니다.

그런데 집에 와서 보니 아무리 찾아도 가족사진이 없는 겁니다.

사진에 아빠가 없는 것이죠.

사진을 안 가지고 갈 수도 없고 그래서 만들어진 것이 이 사진입니다.

엄마와 두 딸이 있는 사진에 아빠의 사진을 오려 넣었습니다.

꽃피는 봄날에

혼자 겨울 옷 입고,

혼자 딴 데를 보고 있고,

경직된 자세로 공중에 떠 있는 아빠

(그런데 가능하면 공중에 떠 있는 것처럼

보이지 않으려고 발 아래를

잔디에 맞춰 놓았습니다).

저는 이 '공중 부양 아빠' 사진을

나중에 우연히 보게 됐습니다.

딸이 책상 옆에 붙여두고 있었거든요.

토요일 일요일도 없고!

어쩌다 쉬는 날은 잠만 잘 수밖에 없고!

아이들이 어떻게 커가는지 알지도 못하고!

가족사진 한 장 찍을 여유도 없고!

아빠들을 가정으로 돌려줘야 합니다.

선진국에서는 쉬는 것을 장려합니다.

휴식과 레저가 소비를 촉진하고

다시 생산을 독려해 선순환을 한다는 것입니다.

선진국들이 노동 시간이 짧은 이유가 이것입니다.

그리고 일자리 나누기의 효과도 있습니다.

아빠들을 가정으로 돌려보내는 것은

바로 가정의 문제이기도 하고 국가 경제의 문제이기도 합니다.

아빠들 힘내라. 파이팅!

콧등 치기

'콧등 치기'가 뭘까요? 아시는 분?
'콧등 치기'를 모르시면 '정선 느름국'은 아실까요?

정답은 '메밀 칼국수'입니다.
메밀 칼국수를 후루룩 빨아들이면
이 국수가 뻣뻣해서 콧등을 칩니다.
그래서 '콧등 치기'라고 하지요.

'느름국'은 '늘린다'고 해서 붙은 이름입니다.

야! 지들이 백합이란다

많은 분들이 강원도 사람을 감자라고 부릅니다.
강원도에서 감자가 많이 나기 때문이겠지요?

그런데 강원도에서 더 많이 나는 것이 백합입니다.
전국 생산량의 반 정도를 강원도에서 길러 냅니다.

그래서 저는 강원도 사람들을 백합이라고 불러주기를 기대합니다.
혹시 좀 주저함이 있으시면
강원도 여성만이라도 그렇게 불러주시면 안 될까요?

제가 트위터에 강원도 사람들을 백합이라고 불러달라고 올렸더니
댓글이 이렇게 붙었더군요.
'야! 지들이 백합이란다!'

아카시아 꽃이 피면

아카시아 꽃이 피면 강원도에서는
산불의 위험이 사라졌다는 뜻입니다.

강원도 전 면적의 82퍼센트가 산입니다.
그래서 봄철에 산불을 막는 것이 강원도에서는 큰일이지요!

몇 해 동안 큰 불이 없었습니다.
큰 다행입니다.

애써주신 항공대, 자율 방범대, 소방서,
산림직 공무원들께 감사드립니다.

올 아카시아 향이 유난히 진합니다. 감사합니다!

아니 내가 이렇게 생겼다고?

아니~ 내가 이렇게 생겼다고요? 정말이에요?

다음 쪽에 있는 첫 번째 그림은

속초 청호초등학교 1학년 김한중 군이

그려준 초상화입니다.

자세히 보니 그림 속에 있는 작은 하트 안에

'예뻐요'라고 쓰여 있어

사람 속을 더 뒤집어 놓습니다.

P.S. 재미로 저를 그린 그림 중

어느 그림이 가장 닮았는지 뽑아보세요.

함께 사는 세상

무너져가는 공동체,
무너져가는 경제를 일으켜 세워서
함께 사는 세상이
우리가 살아 있는 이 시대에
이루어질 수 있기를 기대합니다.

말복아 발 시려?

아! 발 시려! 개도 발이 시린가?
눈 위를 뛰어 다니던 말복이가
앞 · 뒷발을 번갈아 들어 올립니다.

말복 날 우리 집에 온 유기견 말복이!
그의 어머니를 사람들이 잡수셨습니다.

사람을 너무 좋아해서 도둑과도 잘 지내는 것이 큰 단점입니다.
다소 정신이 이상한 사람이 담을 넘어 들어온 적이 있습니다.
그분과 말복이는 개밥을 사이좋게 나눠 먹었습니다.

말복아 사람이 아무리 좋아도 집도 좀 지켜!

국물도 없을 줄 알아!

국물도 없을 줄 알아!

애교 섞인 협박을 할 때 쓰는 말이죠?

오늘 강원도청 인트라넷인 반비넷에 올라온

한 게시물을 읽으면서 기분이 아주 좋았답니다.

같은 공지 사항도 이렇게 재미있고, 의미 있게 쓰면 좋겠습니다.

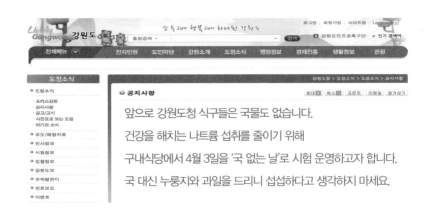

지성여신(至誠如神)

"지극한 정성은 신과 같다."
공자(孔子)의 손자인 자사(子思)가 쓴
《중용》 제24장에 나오는 말입니다.

인간이 할 수 있는 일은 정성을 다하는 것뿐입니다.
성패는 신의 영역에 있습니다.

강원도민들을 지극한 정성으로 모시고
강원도를 지극한 정성으로 발전시켜 나가겠습니다.

인생, 계산하지 않는다

세상일은 계획과는 전혀 상관없이 진행됩니다.
또 예측할 수 없는 일들이 시도 때도 없이 다가옵니다.

일종의 운명 같은 것이라고 할까요?

다가오는 일들을 계산으로 맞이하지 않는 것이
제 삶의 방식의 하나입니다.

승패 또는 성패에도 연연하지 않았습니다.
결과에 연연하지도 않았습니다.

때로는 질 것을 알면서도 나서야 할 때가 있는 법입니다.
반대로 이기거나 이익이 되는 것을 알면서도
나서지 말아야 할 때가 있습니다.

큰 계산은 계산이 없습니다.

아줌마~! 여기 소주 한 병 더!

바람불이? 소군골?

'바람불이'가 무엇일까요?

동해안에 있는 마을 이름입니다.

'바람이 많이 부는 마을'이란 뜻입니다.

정겹지요?

강원도의 마을 이름 몇 가지 소개해 올립니다.

'배나들이', '양지편',

'솥발이', '돌골, 물골',

'물알버덩', '빗기내',

'소군골(소가 구른 골)'

의로운 마을, 의야지

의야지(義野地)는 강원도 대관령에 있는 마을 이름으로
'의로운 사람들이 모여 사는 땅'이라는 뜻입니다.

지금은 농촌 체험 마을로 유명합니다.
작년에 외국인 관광객이 7만 9,000명 방문했습니다.

양 떼, 치즈 만들기, 산나물 따기를 체험할 수 있습니다.

의로움, 정신적 가치가 가장 귀합니다.

강의 나라 강원도

춘천은 '봄내'입니다.
홍천은 너른 내(너븐 내, 넓은 내)입니다.
횡천(횡성의 옛 이름)은 가로내입니다.

한국의 모든 강은 강원도에서 발원합니다.

낙동강의 발원지는 태백의 황지(潢池)
본래 이름은 천황(天潢), '하늘 못'이라는 뜻입니다.

한강의 발원지는 태백의 검룡소
그 뜻은 '검은 용이 사는 못'입니다.

퇴계와 율곡을
강원도 어머니들이 키웠다고?

조선 시대에 가장 위대한 철학자인 두 분의 정치인이 있었는데
바로 퇴계 이황(李滉)과 율곡 이이입니다.
두 분의 어머니가 다 강원도 여성들이십니다.

율곡의 어머니가 신사임당이신 것은 너무나 잘 알려진 이야기입니다.
그런데 퇴계 이황의 어머니가 바로 춘천 박씨입니다.
춘천 퇴계동에 사셨다고 합니다.
그래서 지금도 동네 이름이 퇴계동입니다.
공지천도 퇴계 이황이 놀았던 곳으로 알려지고 있습니다.
춘천 박씨인 어머니께서 이곳에서 퇴계 이황을 길러내셨습니다.

조선을 대표하는 두 유학자들을 키워낸 분들이
우리 강원도의 어머니라는 건 대단히 자랑스러운 것 같습니다.

그런데 이제는 강원도 여성들이 아들을 키워내는 것이 아니라
직접 정치를 담당하고 경제를 담당하고 문화를 담당하는 시대가
되었다고 생각이 됩니다.

어느 국가나 조직이 선진화되었는가를 측정하는 척도가
몇 가지가 있습니다.
그중에 한 가지가 그 사회에서 여성들이
어느 정도의 역할을 담당하고 있는가인데
우리 강원도는 아직 부족함이 많습니다.
여성들의 사회 진출을 적극 돕겠습니다. 파이팅!

세 개의 봉투

레이건(Ronald Reagan) 대통령이
전임자인 카터(Jimmy Carter) 대통령으로부터
사무 인계를 받았습니다.
그때 카터가 레이건에게 세 개의 봉투를 건네주면서
위급한 일이 생기면
이 봉투를 순서대로 하나씩 열어보라고 일러줬습니다.

그 세 개의 봉투를 소중이 간직해오던 레이건은
계속되는 경제 불황에 고민하다가 첫 번째 봉투를 열어보았습니다.
거기에는 "전임 대통령 탓으로 돌리시오"라고 쓰여 있었습니다.
그래서 레이건은
"지금의 경제 불황은 전임 대통령 탓이다"라고 둘러댔습니다.

그러나 불황은 더욱 심각해졌습니다.

두 번째 봉투를 뜯어보았습니다.

거기엔 "연방 준비은행 총재의 책임이다"라고 적혀서

그대로 떠넘겼습니다.

그런데도 경제는 더욱 악화되고 국가 재정이 파탄에 직면했습니다.

마지막으로 세 번째 봉투 안에는 이런 말이 기다리고 있었습니다.

"당신도 후임자에게 줄 세 개의 봉투를 준비하시오."

- 한승헌 전 감사원장께서 2007년 9월 21일 제게 주신

《한승헌 변호사의 유머 기행》 72쪽에서 인용

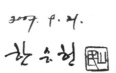

집회는 국회에서!

새삼스럽게 국회를 되돌아봤습니다.

국회를 어떤 콘셉트로 지었을까?

국회 정면 양옆에 있는 한 쌍의 조각상을 함께 감상해주시기 바랍니다.

정면에서 볼 때 오른쪽의 여성   왼쪽의 남성

한쪽으로 상승하는 구도, 올려다보는 시선 처리, 사명감에 불타는 표정,

강인해 보이는 육체, 바람을 맞받아 나아가는 머릿결 처리,

들어 올린 팔, 연설을 하는 듯한 손!

어디서 많이 본 것 같지 않나요?

이 조각상이 들고 있는 태극 문양을 횃불로 바꾸면 어떻겠습니까?

또는 망치로 바꾸면 어떻겠습니까?

그렇습니다.

옛 소련과 같은 전체주의 국가에서 많이 보던 조각상의 형태입니다.

전체주의, 국가주의, 권위주의를 담은 조각상입니다.

국회 전체가 이런 콘셉트로 만들어져 있습니다.

문제는 겉모습만이 아니라 국회를 채우고 있는

소프트웨어도 이렇다는 것입니다.

전체주의적 또는 획일주의적 질서 속에

국민들을 가두는 것을 목표로 하고 있는데

스스로 그렇게 하는 것을 잘 느끼지 못하는 채로 그렇게 하고 있습니다.

국회에서 만드는 법들이 대개 이런 모양이지요.

여전히 국회는 국민들을 통치 대상, 계몽 대상, 교육 대상으로

보고 있는 사고 체계로부터 크게 벗어나지 못했습니다.

건물 안에는 검은색 옷을 입은 의원들(저도 이 중에 포함)

저는 개인적으로 국회가 국민들에게 되돌려져야 한다고
생각하고 있습니다.

국민들이 마음 놓고 드나드는 공간이 돼야 하고

국민들의 의견이 모이고 개진되는 장소가 돼야 한다고 보는 것입니다.

집회와 시위를 하실 분들에게도 국회가 개방돼야 한다고 생각합니다.

집회와 시위를 하실 분들이 왜 시청 앞으로 가야 합니까?

국회가 국민을 대표한다는데

왜 그분들이 시청 앞에서 시위를 해야 합니까?

국회가 국민들의 목소리를 직접 듣는 공간이면서

그런 역할을 하는 기구여야 합니다.

술은 미디어다

존경받는 언론인 한 분이 가지고 계신 슬로건을 소개합니다.

'술은 미디어다.'
저도 전적으로 동의하는 표어입니다.

술은 사람과 사람을 이어주고
이야기와 이야기를 엮어주는 촉매제입니다.
그래서 처음 보는 사람들을 만나면
막걸리를 권합니다.
일종의 무장 해제입니다.

술은 제가 경험해 본 중에 가장 훌륭한 미디어입니다.
다만 후유증이 너무 큰 것이 흠입니다.

동네 오빠로 불러주세요

도지사로 당선된 뒤 무게를 좀 잡으라는 요구가 많았습니다.

지금은 그런 요구가 거의 없어졌습니다.

요즈음은 동네 아저씨 같다는 말을 많이 듣습니다.

동네 아저씨 맞습니다.

동네 오빠, 작은 아버지, 삼촌에 이르기까지

여러 가지 명칭이 많이 생겼습니다.

'불량 감자', '5미터'(5미터 전방에서부터

아는 척하고 반가워한다는 뜻이라고 함) 같은 별명도 생겼습니다.

도지사가 동네에서 아저씨처럼 돌아다니니까

처음에는 아주 어색해하더니 지금은 서로 익숙해지고 있습니다.

아저씨 맞아요!

우월과 평등의 이중주

구소련이 붕괴되던 1990년대에 《역사의 종말》이란 책으로
파장을 일으켰던 프랜시스 후쿠야마 (Francis Fukuyama)는
인간의 욕망을 두 가지로 대비해서 제시했습니다.
'우월 욕망'과 '대등 욕망'입니다.
인간 내면에 이 두 가지의 욕망이 공존하면서
모순의 이중주를 보여준다는 것입니다.

즉 다른 사람보다 우월한 영웅이 되고자 하는 마음과
다른 사람과 대등한 대접을 받고자 하는 평등한 마음이
인간에게 공존하는데 이 두 마음이 서로 모순된다는 것입니다.
경제적 관점에서 보면 독점하려는 마음과
나눠주려는 마음의 충돌입니다.

지금 우리가 겪고 있는 문제가 바로 이것입니다.

우리 사회는 우월 욕망과 평등 욕망 사이의 균형을

현저히 잃고 있습니다.

이 불균형이 경제에서 시작해서 정치로 확산돼갔습니다.

입춘대길(入春大吉)

남이섬에 가 보셨나요?

남이섬 입구에는 한자로 입춘대길이라는 간판이 붙은

작은 문이 있습니다.

그런데 중국에서 오시는 손님들이 그걸 보고

그 한자가 잘못됐다고 이구동성으로 한마디씩 하신답니다.

입춘대길 본래는 立春大吉, 이렇게 쓰는 게 맞습니다.

그런데 강원도에서는 그렇게 쓰지 않습니다.

入春大吉, 이렇게 씁니다.

"춘천에 오면 대단히 길하다!" 이런 뜻입니다.

일이 잘 안 풀린다고 생각하시는 분들,

춘천에 한번 놀러 오세요.

크게 길한 기운을 받고 싶은 분들,

춘천에 한번 놀러 오세요.

멋진 이성을 만나고 싶으신 분,

춘천에 한번 놀러오세요.

入春大吉!

답장을 하지 않은 이유

강원도청 게시판에 '공직자의 자세'라는 글이 눈에 띄더군요.

홍천소방서에 근무하는 박학철 님이 다산 정약용(丁若鏞) 선생과
홍주 목사 유의(柳誼)의 일화를 전해주셨습니다.

충청도 청백리였던 유의 목사가
정약용 선생의 편지에 답장을 하지 않아
그 이유를 물었더니
"공문이 아닌 사사로운 편지는 일체 뜯어보지 않는다.
인사와 이권 청탁이 대부분이기 때문이다"라고
답했다는 내용입니다.

분노의 감~자~

'감' 동네에 못 생긴 감이 살았습니다.
그의 별명은 못생겼다고 해서 '감자'였습니다.
친구들이 매일 감자라고 놀렸습니다.

감은 화병이 나서 입원을 했습니다.
친구들이 문병을 왔습니다.
친구들은 혹시 잠든 감자를 깨울까 해서
문을 빠끔히 열고 다정하게 감을 불렀습니다.
"감~! 자~?"

간디는 "평화로 가는 길은 없다. 평화가 길이다"라고 말했습니다.

지금 여기, 바로 이 시간에서의 평화가 길인 것입니다.

먼 미래에 달성하는 것이 아닙니다.

감~! 자~?

분노와 웃음은 한 끗 차이입니다.

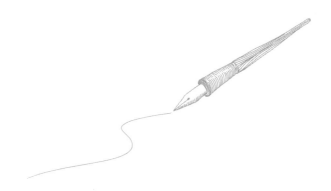

잡는 게 어렵지 파는 게 어렵습니까?

걱정 마시고 잡으세요.

다 우리 도민들의 일입니다.

공복(公僕)은 그런 거 하라고 있는 것 아닙니까?

Part.6

내가 본 문순C

잃어버린 47년 그리고 희망

이놈의 마누라가 집을 나가 버린 거예요. 그래서 술도 엄청 먹었죠. 돈도 벌릴 리가 없었고, 딸들도 지들끼리 나가 살게 됐지요. 딸 둘이 키도 크고 요새 연예인보다 더 예뻤는데, 그만 내가 이렇고, 제 엄마도 없으니까 비관해서 동생이 스물일곱 살 때 먼저 자살하니까 언니도 이듬해 죽고 말았어요. 정말 그때만큼 힘들고 죽고 싶은 때도 없었어요.

그렇게 그러면서 든 생각이 어릴 때 그게(지뢰 사고) 내 잘못도 아닌데, 그 한 번의 사고로 평생을 이렇게 죄인처럼 살아간다는 게 기가 막히더라고. 그렇다고 나라에서나 군청에서 따뜻한 위로의 말도 못 들어봤어요. 우리 지뢰 피해자들은 여태까지 제각각 혼자 아파하고 울었어요. 많은 사람들이 같은 문제로 고통을 당하면서도 각기 따로따로 신세 한탄하고 그랬지요. 저는 47년 만에 수술을 받아 목발에 의지하지 않고 일어서게 되었어요.

– 지뢰 피해자인 김정호 씨의 글 중

도룩묵과 공복(公僕)

　요사이 언론의 헤드라인을 보자면 힘없고 고통 받는 서민을 위해 따뜻한 손을 내밀고 자세를 낮추는 사람을 찾아보기 힘들어졌다. 그래서 우리는 말만 번드르르한 사람보다는 실제로 그렇게 행동하는 모습을 봐야 한다. 지금도 산같이 쌓인 도루묵을 보면서, 한숨을 쉬고 있을 때 들리던 문순C의 따뜻한 말이 귓전을 울린다.

　"어부가 고기를 잡지 않으면 어떡합니까? 부지런히 많이 잡으세요. 그래야 애들 공부도 시키고 효도도 하지요. …… 재고는 걱정 마세요. 잡는 게 어렵지 파는 게 어렵습니까? 걱정 마시고 잡으세요. 다 우리 도민들의 일입니다. 공복(公僕)은 그런 거 하라고 있는 것 아닙니까?"

　이 말은 무엇보다도 더 큰 힘으로 다가왔다. 점점 치열해지는 삶의 현장에서 밀려나는 사람들을 뒤에서 응원하는 복음이라고 느껴졌는데, 그 많던 도루묵이 팔리고, 그 돈은 어민들에게 고스란히 돌아왔다. 진정으로 도민을 섬기고 모시는 모습에 감동이 밀려왔다.

- 고성 수협장의 글 중

정치를 시작하는 후배에게

　예전《부산일보》에 재직할 때 언론 노조 위원장인 최 지사를 몇 번 보기는 했지만 춘천의 한 닭갈비집에서 만난 것이 사실상 첫 만남이었다. 나는 최 지사에게 정치를 하면서 가장 보람 있던 순간이 언제였냐고 물었다.

　"정치가 싫었던 적도 많았어요. 그런데 지금 와서 생각해보니 정치라는 게 '자기가 지켜야 될 사람들을 위해서 목숨을 거는 행위'라는 걸 알게 됐어요. 김대중, 노무현 대통령을 봐도 그렇습니다. 정치가 목숨을 거는 행위이고 아름다운 것이구나 하고 느낀 게 최근입니다.

　예를 들어볼까요. 강원도에는 지뢰 피해자들이 많이 있어요. 발목이 날아간 사람, 다리를 잃은 분 등. 방송사 있을 때, 20년 전쯤 지뢰 피해자들에 대해 보도를 한 적이 있어요. 그런데 여전히 그 문제가 풀리지 않고 있는 거예요. 공무원들은 법이 없어서 안 된다고 합니다. 그래서 기업체나 사회복지공동모금회 등에서 돈을 모아 피해자분들을 전부 재수술시켜드렸어요. 법과 행정에 나라가 매여 있어선 안 됩니다. 조금만 유연하도록 노력하면 되는 일이죠. 정치를 하면서 가장 보람 있던 순간이었습니다."

- 배재정 의원과의 인터뷰 중

참된 정치인

"이 세상에 희망은 공공 이익을 위해 열심히 뛰는 시민운동가의 열정과 세속 욕심에 초탈한 종교인의 영성이 합쳐질 때 비로소 실현될 수 있다"는 그의 말을 잊지 않는다. 그 역시 잊지 않았을 것이다. 사실 참된 정치인은 종교인처럼 욕심 없고, 시민운동가 이상으로 공공 이익을 위해 열정을 불태우는 사람이다.

그런 지도자를 가진 공동체는 행복하다. 나는 최 지사의 가슴속에 품었던 이 희망이 실현되기를 기도한다.

－국경선평화학교 정지석 목사의 글 중

사장 차의 추억

저희 집 차는 소형차였고, 그때의 회사 관용차는 에쿠스였습니다. 매번 소형차밖에 타본 적 없는 딸들이 아빠가 타고 다니는 큰 차를 항상 동경하곤 했습니다.

한번은 미대생의 꿈을 가지고 있었던 큰딸의 진학 상담을 위해 제가 홍대 앞에서 미술 학원 선생님과 약속을 한 적이 있었습니다. 그때가 장마철이고 홍수까지 터졌던 때라 제가 직접 운전을 하며 일산에서 홍대를 왔다 갔다 하기엔 매우 겁이 났습니다.

일요일이었지만 출근할 일이 있었던 지사님께 가는 길에 태워달라고 했더니 저에게 단호하게 택시를 타고 가라고 하셨습니다. 결국 임기 3년 동안 아이들은 물론 저 또한 단 한 번도 회사 차를 타본 적이 없었습니다.

– 문순C 아내의 글 중

사람이 미래다

"당신 같은 여배우가 이런 일로 주저앉아 있는 것, 너무 안타깝지 않나요. 법이고 계약이고 간에 사람부터 살리고 봐야지요. 다른 누구도 아니고 최진실인데 우리 MBC에서 이 정도도 못 해주면 너무 매정한 거 아닙니까."

최문순 지사의 인간적인 말 한마디에 당시 최진실 씨는 그 자리에서 감사의 눈물을 펑펑 쏟아냈다. 그리고 최진실 씨는 최문순 지사에게 그녀다운 당찬 말 한마디를 남긴다.

"사장님, 반드시 성공해서 당당하게 돌아오겠습니다. 믿어주세요."

-고 최진실 씨의 매니저 서상욱 씨의 글 중

거멀못, 지도자의 역할

사람이 중요하다. 지도자가 중요하다는 생각을 한다. 많은 국민들 잘 먹고 잘살기를 원한다. 모두가 사는 목적이 행복하게 사는 것이고 경제적으로 잘 살아야 행복하다고 생각한다. 나라가 평화로워야 경제도 잘되는 것은 상식 이다. 남북 관계가 좋을 때 강원도는 금강산 특수를 누렸다. 남북 관계가 나 빠지고 파탄 나면서 강원도 경제는 더욱 어려워진 것이다.

결국 지도자가 중요하다. 그런 의미에서 최문순 지사의 동해안 평화 공단, 평화지역지원특별법 제정, 금강산 관광 재개 등은 실현되어야 할 좋은 정책 이다. 최문순 지사의 상황 인식과 마인드를 지지한다.

– 김영수 거멀못동지회 감사의 글 중

진보와 보수는 서로 돕는 것

　내가 본 최문순 지사는 약자를 배려하며 자신을 희생하지만, 부자 친구도 많다. 북한과의 교류를 희망하고 추진하지만, 미국과의 관계를 더 소중하게 생각한다.

　MBC 사장으로 재직 시에도 《조선일보》와의 인연을 더욱 소중하게 생각했으며, 진보와 보수는 서로 돕는 것이라는 것을 진정으로 보여주는 철학을 갖고 있는, 의리 있는, 모두에게 친절한 낮은 자세의 친구였다. 냉정한 판단과 추진력도 최문순 지사의 장점 중 장점이다.

- 김경성 (사)남북체육교류협회 이사장의 글 중

최문순의 인사법

90도 인사 . 갑을이 따로 없다 . 장관 , 기관장, 청소 노동자 , 어민 , 장애인 …… 누구에게나 대충인 법이 없다. 방송사 사장을 거쳐 국회 의원, 광역 단체장까지, 권위적인 안이함에 충분히 빠질 수 있는 시간이 흘렀지만 최문순은 달라지지 않았다. 2008년, 정치를 막 시작하며 그가 했던 말을 나는 기억한다. "제가 한시라도 권위적이라고 느껴지는 순간이 있다면 언제라도 호되게 질책해주십시오!"

앞으로도 그의 인사법은 달라지지 않을 거다. 왜냐하면 최문순의 인사법은 사람을 향하는 그의 정치 철학을 최문순 스타일로 표현하는 수단이기 때문이다. 권위는 빳빳하게 깃을 세운 의전 비서의 와이셔츠에서 나오는 것도 아니고, 대리석으로 장식된 리더의 호화로운 집무실에서 나오는 것도 아니다. '스스로 낮추면 권위가 생긴다.' 문순C처럼.

- 춘천에 사는 이문경 씨의 글 중

하심(下心)

　자신을 낮추고 남을 높이는 마음을 불가(佛家)에서는 하심(下心)이라 했다.
종종 스스로를 높이기 위해 남을 낮추는 것을 방편으로 삼기를 서슴지 않는
사람을 볼 수 있었다. 정치인 중에도 그런 부류를 볼 수 있었는데 자기가 가
진 권력이 크다고 생각하는 사람일수록 그런 태도는 더 심했던 것 같다.

　최문순은 40대 후반에 공영 방송 MBC의 사장을 지냈던 사람이다. 국회
의원이 아니더라도 그는 이미 높은 지위에 올라 권력을 가져본 사람이었다.
그런 최문순에게서 나는 진정한 하심을 발견했었다. 최문순은 대통령을 대
할 때와 거리의 젊은이를 대할 때 한결같은 사람이었다.

－천정배 의원의 글 중

서민 도지사의 지역 경제 사랑

저는 양구 방산면에 있는 솔래원 대표입니다. 강원도 특산물인 자연 송이 버섯으로 송이주를 개발했지요. 그러나 대기업을 중심으로 경쟁이 극심한 주류 시장에서 주도권을 잡는 것은 그렇게 쉬운 일이 아니었습니다. 특히, 제가 그 동안 지역 경제 활동에 참여해왔지만, 도정 지도자들의 지역 경제 활성화에 대한 관심도는 그렇게 높지 못했습니다.

어려운 상황에 처해 있는 어느 날 제게 놀라운 소식이 하나 들려왔습니다. 그것은 새로 강원 도정을 맡으신 최문순 지사께서, 한 번 만나 뵌 일도 없으셨음에도 불구하고, 저희 솔래원이 개발한 세계 유일의 송이주 상품들을 트렁크에 싣고 다니시면서 기회 있을 적마다 꺼내 들고 직접 홍보 활동을 해주신다는 것이었습니다.

생각하면 할수록 어깨가 으쓱해집니다. 양구라는 시골 농산촌에서 지역 경제 발전을 위해 홀로 애써온 사람으로서 지사님의 관심과 인정과 사랑이 너무 고맙기 때문입니다. 우리 지역 기업인들에게 가장 큰 힘이 되는 것은 지역민, 특히 지역 지도자들의 인정과 관심, 사랑입니다.

- 이이한 솔래원 대표의 글 중

5일장에 연주회 들으러오세요

우리 실버악단의 평균 연령은 72세다. 그럼에도 무거운 음향 장비를 직접 설치하고 연주도 한다. 더워도 추워도 우리의 연주는 계속된다.

우리 악단은 지난 해 처음으로 강원도 내 5일장과 전통 시장 순회 음악회를 시작했다. 장터와 시장의 활성화에 도움을 주고자 작년 5월초부터 전통 시장을 찾아 관악 연주회를 갖는 음악 봉사를 시도한 것이다.

전통 시장 살리기에 각별한 관심을 가진 최문순 지사님이 유명인과 탤런트 등과 연계해 낙후 지역에서 '셀렙 마케팅'을 전개하고, 찾아가는 이동 장터 '굴러라, 감자 원정대', '전통 시장 상품 팔아주기' 등으로 애를 쓰고 있을 때였다. 이에 힘입어 우리 악단이 처음 시도했던 전통 시장 순회 음악회는 다른 일정과 자금 사정상 다 돌아보지 못한 곳도 있어 아쉬움이 남는다. 여건이 허락한다면 앞으로도 음악 봉사를 통해 우리 음악 단원들과 지역 상인들, 그리고 주민들이 더욱 가까워지길 희망해본다.

- 원계환 강릉그린실버악단장의 글 중

최문순에게 거는 '강원도의 미래'

의원 배지를 달고도 최문순 의원이나 유원일 의원처럼 시민들과 함께 거리 시위에 겸허하게 참여한 사람은 별로 보지 못했습니다.

2008년 최문순은 국회 의원이었는데도 많은 언론인들, 많은 시민운동가들과 함께, 아니 오히려 누구보다 앞장서서 정권의 언론 장악에 맞선 집회 시위를 이끌고, 국회에 가서는 이 문제들을 가장 열심히 문제 제기했습니다.

시민 민주주의를 위해 국회 의원이면서도 격의 없이 길거리로 나설 수 있는 사람, 최문순의 이러한 모습을 보고, 본인은 그가 국회 의원이 된 것은, 출세하기 위해서가 아니라, 그가 믿고, 바라고, 성취하고자 하고, 또 우리 사회가 함께 성취해야 할 어떤 목표를 달성하기 위한 방편으로 여기고 있다는 믿음을 가졌습니다.

– 이룰태림(본명:성유보) 희망래일 이사장의 글 중

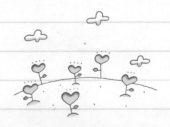

남친 같은 아빠

친구들 옆에서 아빠와 통화를 하면 저보고 남자 친구가 생겼냐고 물어봅니다. 제가 하이톤 목소리로 싱글벙글 웃으면서 말하는 걸 보면 친구들은 낯설어하고, 아빠랑 그렇게 친하게 지내냐며 부러워합니다.

저도 예전엔 친구들이 저렇게 말해준 것에 대해 크게 생각해본 적이 없는데, 점점 커가면서 아빠가 이렇게 딸들과 친하게 지낸다는 것이 굉장히 큰 축복이라고 느껴집니다. 가정에서 아버지의 역할이 집안 분위기를 많이 좌우한다고 생각하거든요. 그리고 주변에서 보면 딸의 경우 대부분 엄마랑은 친구가 되지만 아빠랑은 서먹해지는 경우가 많은데요, 지금까지 저는 아빠와 이렇게 편하고 재밌게 이야기할 수 있다는 게 정말 소중하고, 행복하답니다.

우리 가족 이렇게 행복하게 해줘서 정말 감사하고, 애교 없는 딸 항상 예뻐해줘서 감사해요. "사랑해요!"

– 큰딸 해린이의 글 중

과연 어떻게 저장되어 있을까?

갑자기 잡힌 의원 총회 일정을 금요일 밤에 연락받은 나는 급히 문순C에게 문자로 일정을 알렸다. 그런데 월요일 오전 9시에 잡힌 의원 총회 날짜를 잘못 써서 일요일 오전 9시로 보낸 것이다.

문순C는 평소처럼 부지런히 의원 총회 장소로 갔지만, 당연히 문은 닫혀 있었다. 실수를 깨닫고 월요일 출근 후 안절부절 못 하는 내게 문순C는 태연하게 웃으며 한마디 했을 뿐이다.

"어제 아무도 못 봐서 다행이에요."

하지만 애석하게도 그날 이후 문순C의 핸드폰에 내 전화번호는 '구현정 조심'이라고 저장되었다. 지금도 그렇게 저장되어 있을까?

– 최문순 의원실 구현정 비서의 글 중

감자 같은 아빠

저는 아빠 닮았다는 소리가 참 듣기 좋습니다. 감자 같으신 아빠지만 제 눈엔 그 어떤 아빠보다 멋진 아빠이기 때문입니다.

저는 아빠를 매우 자랑스러워합니다. 아빠의 이름 석 자만 대도 남들이 알 만한 사람이기 때문이 결코 아닙니다. 소박하고, 겸손하고, 때로는 내 마음을 잘 알아주는 친한 친구 같은 아빠이기 때문에 매우 자랑스럽습니다.

저는 이런 멋진 이 세상에 하나밖에 없는 엄마, 아빠의 딸로 태어나 너무 행복합니다. 사랑합니다.

- 둘째딸 예린이의 글 중

커피 타주는 악덕 고용주 문순C

최문순 의원실에서 일하면서 문순C로부터 가장 많이 들은 소리 "얼른 퇴근들 해요", "내일 쉬어요".

언뜻 무척 좋은 고용주같아 보이나, 누구보다 일 벌리기 선수였던 문순C였기에, 퇴근을 일찍 할 수도, 남들만큼 쉴 수도 없었다. 일감은 잔뜩 쥐놓고 빨리 퇴근하라니…… 악덕 고용주다. 다시 떠올려도 얄밉다.

그래도 도망가지 않고 몇 년간 문순C와 일하며, 아직도 그때의 고용주 문순C를 가끔 그리워하는 이유는…… 옳은 일에 주저함 없이, 결심한 일은 기어코 저질러버리는 그를 존경하기 때문이다.

일하기 힘들다고 투덜거리는 막내 직원을 꾸짖는 대신 손수 구석에 쪼그려 앉아 커피 믹스 한 잔을 타서 슬쩍 들이밀던 문순C. 그립다.

– 곧 콩콩이 엄마 변정화 씨의 글 중

내 친구, 문순C

　내가 문순C를 처음 만난 건 이명박 정권의 언론 장악 음모를 규탄하는 길거리 촛불 집회에서다. 그분의 모습이 인상에 남았던 이유는 뙤약볕에 검게 그을린 얼굴, 그리고 노타이의 허름해 보이는 양복을 입은 모습이 마치 '시골에서 농사짓다가 열 받아서 올라온 분' 같은 모습이었기 때문이었다. 사실 우리 아빠처럼 삐쩍 마른 얼굴 형태가 가장 큰 이유였겠지만 말이다.

　나는 문순C에 대해서 잘 모른다. 단지 알고 있는 건, 기자 생활을 해서 그런지 팩트가 주어진다면 이슈가 되지 않더라도 그 문제에 대해서 진실을 파헤치려는 노력형이며, 겉으로 봐선 삐쩍 말랐지만 마라톤을 완주할 정도로 건강하고, 약자에게는 스스로를 낮추지만 강자에겐 굽히지 않고, 아무리 귀찮고 힘들어도 시민들의 목소리를 귀 기울여 듣는다는 거다. 설령 자신에게 불리하거나 불편할 언행도 경청할 줄 안다. 누구는 그런 꼴통 기질이 문순C의 가장 큰 매력이자 강점이며 단점이라고 했고, 나 또한 문순C의 그런 모습을 좋아하게 되었다.

– 부천에 사는 송난영 씨의 글 중

달처럼 곧 나타나는 moon soon

최문순은 기존 정치인과 달리 지위 고하를 막론하고 어디서 누구를 만나든 먼저 다가가 정답게 손을 잡고 소탈하게 대화를 나눈다. 항상 웃음을 잃지 않는 진정성을 갖고 소통한다. 이웃집 아저씨 같은 털털함으로 소통하고, 현장 곳곳을 발로 누비며 어려움을 해결하면서도 겸손함을 잃지 않는다. 말 그대로 어두운 밤이면 환히 비추는 달처럼 곧 나타나는 moon soon이다.

2011년 초, 내가 한국공항공사 양양지사장으로 부임해 2002년 양양 국제공항 개항 이래 최다 승객을 수송했던 2012년과 또한 그 기록을 넘어선 2013년, 그 놀라운 성과의 수치 뒤에는 항상 최문순 도지사의 꿈과 전략과 땀과 열정이 배어 있었다.

게다가 2018년 평창 동계 올림픽은 정치적으로 경제적으로 홀대받던 강원도를 변방에서 중심으로 변모시키는 중요한 분수령이 될 것이라고 믿기에 그 준비 기간 동안 많은 관광 인프라를 확충해나가는 도지사의 또 다른 행보와 앞날을 기대한다.

- 윤철환 한국공항공사 양양지사장 글 중

감자의 이력

금병산 자락 완전 촌놈

1956년생, 강원도 춘천군 신동면 정족2리가 제 고향입니다. 김유정이 살았던 실레마을과 바로 붙어 있는 마을입니다 (김유정문학촌장이신 소설가 전상국 선생님은 은사이십니다). 정족리는 김유정 소설에 나오는 금병산 자락의 궁벽한 시골이었습니다. 그래도 감자와 옥수수 맛이 일품인 곳 이죠(저는 지금도 음식은 이것저것 가리지 않습니다. 그런데 감자와 옥수수 맛에 대해서는 아주 까다롭게 굽니다). 아버지를 따라서 퇴계원 등지를 돌아다니다가 4학년 때 춘천 초등학교로 옮겼습니다. 이때까지 가난했지만 꿈같이 행복했던 시절이었습니다.

꼭 한 번 만나고 싶다

초등학교 5학년 때 집에 강도가 들면서 행복이 깨졌습니다. 개머리 판 없는 캘빈 소총을 든 2인조 강도가 들었습니다. 당시 군인이었던 아버지와 총격전을 벌여 그중 한 명이 죽었습니다. 한 명은 도 망쳐서 아직까지 잡히지 않고 있습니다(이분 이 글 읽으면 연락 주시기 바랍니다. 공소 시효도 지났을 테니까 꼭 한 번 만나고 싶습니다).

왜 그분들이 단칸 셋방살이를 하는 육군 대위의 집에 거창하게 캘빈 소총을 들고 들어왔는지 지금도 이해가 되지 않습니다(어머니는 북한에서 온 무장 공비들이라고 생각하고 계십니다). 지금이라도 만나서 물어보고 싶습니다. 어쨌거나 집안은 풍비박산이 됐습니다. 가족들이 한동안 흩어져 살다가 다시 합쳤습니다. 아버지는 제대 후에도 그 충격에서 헤어나지 못하고 내내 마음고생을 하셨습니다.

6·25의 노래

이후 대학 졸업 때까지 거의 대부분의 어린 시절을 춘천에서 보냈습니다. 별명은 '감자, 굴뚝새(얼굴 색깔 때문에 굴뚝에 들어갔다 나왔느냐고 해서…… '최면술'이라는 별명을 고집하던 녀석도 있었습니다)' 등이었습니다.

강도 사건 이후 집안이 어려웠지만 어머니가 잘 지탱해주셨습니다. 고등학교 2학년 때 10월 유신이 선포됐습니다. 이후 대학 시절에 자연스럽게 민주화 운동에 가담하게 됐습니다(잘하거나 열심히 하지는 못했습니다. 힘의 관계가 워낙 비대칭적이었고 대부분 지하 운동이어서 학생들도 조직화돼 있지를 못했습니다. 말하자면 요즈음 촛불 문화제에 나와 노는 분들과 비슷한 수준이었습니다. 당시에 시위를 할 때에 부를 노래가 없어서 《6·25의 노래》를 부르기도 했던 기억이 새롭습니다(아~ 아~ 잊으랴! 어찌 우리 이 날을~ 조국의 원수들이 짓밟아오던 날을~ 맨주먹 붉은 피로 원수를 막아내어~)).

운동권이란 말은 요즈음 상당히 부정적으로 쓰이고 또 그럴 목적으로 만들어낸 말이기도 하지만 어린 시절 순수한 마음으로 함께했던 내 친구들은 대부분 평범한 민초들입니다. 그리고 정확하게 조사를 해본 것은 아니지만 소박하고 가난한 삶을 살고 있는 사람들이 많습니다. 그들이 얻은 것은 아무것도 없습니다. 나같이 정치를 하는 사람들이 아니고 그들이야말로 이 땅을 지키는 사람들입니다.

영어 교육 피해자

대학과 대학원에서는 영어학을 전공했
습니다(내가 우리나라 영어 교육의 피해자이
고 또 대표적인 표본입니다. 대학원 논문도 영
어로 썼는데 미국 사람 만나면 무조건 도망갑
니다. 말을 못 합니다. 한심해서 정말……)

기관총 사수

군대 생활은 화천 북방 7사단 8연대에서 했습니다. 철책을 지키
는 사단입니다. 박정희 사단이고 정승화 사단이기도 합니다. 주특
기로는 104를 받았습니다. 주특기 104는 M-60이라는 이름의 기
관총 사수를 말합니다. 실제로 기관총을 쏘는 일은 고참이 하고
나는 졸병이어서 삼발이라는 돼지발톱처럼 생긴 받침대와 탄약
을 들고 다녔습니다. 엄청 무겁습니다. 7사단은 북한과의 거리
가 가장 가까운 사단 중의 하나입니다. 늘 긴장이 높은 지역이었
고 신문에 날 정도의 큰 전투가 두세 차례 있었습니다. 나중에 연대 본부 인사 참모부에
서 일했습니다(제대할 사람을 육군 본부에 보고해 승인을 받은 뒤 1주일에 한 번씩 전역을 시키
는 업무를 담당했는데 한 번은 실수로 제대자 명단 가운데 한 명을 빼먹었습니다. 그분은 1주일 늦
게 제대를 했는데 군대에서 1주일은 세월입니다. 그분이 1주일 내내 따라다니며 혼을 냈습니다. 정
말 엄청나게 혼났습니다). 나중에는 연대장 당번병(이때 함께 당번병을 했던 한 분은 지금은 세
계적인 화가가 됐습니다)으로 제대했습니다.

방송

1986년 서울 아시안 게임과 1988년 서울 올림픽에 대비해서 방송사들이 대규모로 인력을 채용했습니다. 그덕분에 방송사에 입사했습니다. 동기생이 300명이 넘습니다.

직장을 얻은 것은 다행이었지만 괴로운 나날이었습니다. 검은 것을 희다고 하고 흰 것은 검다고 할 시절이었으니까요. 당시의 기자들은 너나 할 것 없이 괴로웠습니다. 시위 현장에 가면 학생들이 우리들에게 돌을 던졌습니다(요즘 시위대는 참 점잖습니다). 갈등도 많았고 술도 많이 마셨습니다.

1987년 6월 명동성당에서 이른바 6·10 항쟁이 시작됐습니다. 저는 후배들과 함께 현장에 파견됐습니다. 현장에서 기자들이 기사를 작성해서 회사로 보내면 방송에는 엉뚱한 내용이 나왔습니다. 예를 들어 명동성당 부근에 2만 명의 시민들이 시위를 했다고 기사를 보냈는데, 방송에는 200명이 모였다고 나오는 식이었습니다. 더 심한 일도 많았습니다. 현장에서 후배들과 제작 거부로 저항을 시작했습니다. 나중에는 노동조합이 만들어지고 저는 노동조합 위원장으로 있다가 해직됐습니다. 요즈음도 계속되는 방송의 정치적 공정성 문제가 당시에도 역시 큰 과제였습니다. 해고된 뒤 1년 만에 복직했습니다.

1987년 중매로 결혼을 했습니다. 집사람을 최루탄이 난무하는 명동성당 부근으로 불러낸 일로 지금도 자주 항의를 받고 있습니다. 딸 둘을 두고 있습니다.

삼순이 맞아?

갑자기 방송사 사장이 되면서 '쓰나미'라는 소리를 들었습니다. 노조 위원장 출신이 사장이 때문이었을 것입니다(선진국에서는 일반화된 과정입니다). 저 자신도 사장직이 참으로 어색하고 몸에 맞지 않았습니다.

사장직을 수행하면서 가장 역점을 둔 것은 두 가지였습니다. 첫째 '방송을 권력으로부터 완전히 독립시키고', 둘째 '방송도 권력의 자리에서 내려와야 한다'는 것이었습니다. 첫 번째 과제는 달성했다고 자부합니다. 당시 노무현 정권으로부터 인사권, 편집·편성권에 대해 전혀 간섭받지 않았습니다.

권위주의 정권 시절의 대통령과 방송사 사장들은 언제나 서로 통화하며 인사와 편집 방향에 대해 상의해왔습니다. 노 대통령은 저에게 인사권, 편집·편성권에 어떤 형태로든 단 한 차례도 간섭하지 않았습니다. 저도 대통령으로부터 그 어떤 도움도 받지 않았습니다(물론 인간 세상이니만큼 주변적인 인물들로부터 사소한 청탁 전화가 오지 않은 것은 아니나 관철된 바는 없습니다. 오히려 어떤 이에게는 '대통령에게 이르겠다'고 협박했습니다. 그러면 얼른 전화를 끊습니다).

두 번째 목표였던 '방송 스스로 권력의 자리에서 내려와야 한다'는 점에 대해서 달성이 됐는지에 대해 자신이 없습니다. 그러나 재직 중 끊임없이 '몸에 밴 오만함을 버려야 한다'는 점과 '관계의 역전·겸손함'을 강조했습니다. 다음 경제적으로 지상파 방송사들이 이미 진입해 있던 저투자·저성장·저분배의 악순환 고리를 끊기 위해 노력했습니다. 그래서 고투자·고성장·고분배의 선순환 구조를 만들기 위해 노력했습니다. 저는 이 구조를 '많이 벌어서 많이 쓴다', 또는 '많이 써서 많이 나눈다'로 요약해서 사원들과 공유했습니다. 경영 수치상으로는 어느 정도는 성공했다고 자부하고 있습니다. 그래서 '삼

순이'라는 애칭으로 불러주신 분들이
있습니다.

재임 중 평양 동평양대극장에서 뉴욕
필 오케스트라가 공연을 했습니다. 역
사적인 사건이었습니다. 한국 전쟁이
끝난 뒤 처음으로 미국의 성조기가 평
양에 게양됐습니다. 역시 역사상 처음

으로 미국 국가가 평양에서 연주됐습니다. 뉴욕 필은 평양시민들 앞에서 〈아리랑〉을 연
주했습니다. 연주가 끝난 뒤 현장에 있던 많은 사람들이 눈물을 흘렸습니다. 이 장면은
MBC를 통해 전 세계에 생중계됐습니다. 생방송이 없는 평양에서도 생방송됐습니다. 가
장 어려운 일이었고 가장 보람 있었던 일이었습니다.

힘든 일도 많았습니다. 황우석 사태 때는 죽다 살아났습니다. 저는 물론이고 80세 노모,
처갓집 식구들까지 문밖을 나가지 못할 정도였으니까요. 돈벌이에도 힘을 많이 썼습니
다. 방송의 독립성을 유지하려면 돈이 많이 있어야 했습니다. 노조 위원장 출신이 돈벌
이에 눈이 멀었다는 비판도 많이 받았습니다.

정치

방송사 사장을 마치고 민주당 비례 대표 의원으로 정치를 시작했습니다. 방송사 사장을
마친 지 얼마 되지 않아 정치권으로 가면서 비판을 제법 받았습니다. 18대 국회는 정말
최악이었던 것 같습니다. 시작부터 끝날 때까지 충돌과 몸싸움이 멈추지 않았습니다.
미디어법과 4대강 예산 등을 둘러 싼 갈등이 4년 내내 지속됐습니다.

18대 국회 의원 임기를 채 마치기 전에 강원도지사로 출마를 하게 됐습니다. 토종 감자
가 고향으로 돌아오게 된 것입니다. 3년의 임기 동안 제법 큰직한 일들이 많았습니다.

평창 동계 올림픽 유치, 동해안 경제 자유 구역, 레고 랜드 유치, 춘천-속초 간 철도, 여주-원주 간 철도, 유엔 생물 다양성 총회 등등! 잘 성공시키겠습니다.
도민들과 가장 낮은 곳에서 가장 가까이에 있고자 노력하고 있습니다.

정치는 사랑이다

정치를 시작하면서 슬로건 하나를 얻었습니다. '정치는 사랑이다.' 제가 평생 고민해온 '어떻게 인간의 존엄을 확대할 것인가?'를 좀 편안하게 표현한 것이죠.
제가 살면서 겪은 여러 일들이(외상 후 스트레스 장애, 현장 기자, 노동조합 간부, 해고자, 사장, 국회 의원, 도지사) 편견 없이 사랑을 실천할 자양분으로 작용했으면 좋겠습니다. 열심히 노력하겠습니다.
강원도민 여러분 사랑합니다. 존경합니다. 파이팅!